边城·老屋·传人

莫凤起 ○ 著

北京时代华文书局

图书在版编目（CIP）数据

边城 · 老屋 · 传人 / 莫凤起著 . — 北京 : 北京时代华文书局 , 2016.10
ISBN 978-7-5699-0713-1

Ⅰ . ①边… Ⅱ . ①莫… Ⅲ . ①散文集－中国－当代 Ⅳ . ① I267

中国版本图书馆 CIP 数据核字 (2016) 第 232556 号

边城 · 老屋 · 传人

著　　者 | 莫凤起

出 版 人 | 杨红卫
选题策划 | 吕　军　墨　兰
责任编辑 | 邢　楠
图片摄影 | 莫云雁
装帧设计 | 孙丽莉　赵芝英
责任印制 | 刘　银

出版发行 | 时代出版传媒股份有限公司 http://www.press-mart.com
北京时代华文书局 http://www.bjsdsj.com.cn
北京市东城区安定门外大街 136 号皇城国际大厦 A 座 8 楼
邮编：100011　电话：010 - 64267955　64267677
印　　刷 | 北京卡乐富印刷有限公司　010 - 64267397
（如发现印装质量问题，请与印刷厂联系调换）
开　　本 | 880×1230mm　1/32
印　　张 | 8
字　　数 | 222 千字
版　　次 | 2016 年 10 月第 1 版　　2016 年 10 月第 1 次印刷
书　　号 | ISBN 978-7-5699-0713-1

定　　价 | 36. 80 元

序言

叶匡政

我不大琢磨散文的写法，读了莫凤起老先生的书稿，意识到一个人到古稀之年，与周遭的人事和谐共处了，笔下自然会显出一份淡泊。有了这种散文心态，生命中再琐屑、再普通的事，只要心满意足地写出，就是诗意。吉卜林认为，作家可以创作一则寓言，却不可能展示它所有的寓意。如此再看书中，那些随手记下的歌谣、菜谱，便有了一种述而不作的意味。直见性命与记忆，也是对文字的尊重。

原来，只要心中有对人世的大信，无论写人写物、写吃写喝，或写情写义、写有写无，并不用思虑，无论怎么写，都是对天道悠悠的体味。这大概也是莫凤起理解的散文之道。

今人常探讨作家的写作动力，已逾古稀之年的莫凤起，对文章是否“合为时而著”，分明已不在意。韩愈说过“大凡物不得其平则鸣，草木之无声，风挠之鸣，水之无声，风荡之鸣……人之于言也亦然……”。对莫凤起来说，这“挠、荡”他的风，便是他生于斯长于斯的湘西故土。作者生于湘西茶峒，50年前开始在湘西教书，退休后，才跟儿子移居北京。因远离湘西故土，那里的一切反倒成了莫凤起渴望越过的记忆鸿沟。于是，有了眼前的这本书：《边城·老屋·传人》。

在莫凤起心中，故土的人和家族才是让他“郁乎中”要“泄于外”的力量，有了它们，笔下的语词自然会凝聚成形。作者开篇写故土的“老屋”，它“高一丈九九、五柱八挂坐盘，全杉木、全铆榫，虽经数百年风雨仍基本完好”。这是一幢承载了八代记忆的老屋，作者的爷爷“又在正屋后面加了一排三间吊脚楼”，老屋成了村中“公认的议事厅、娱乐地”。莫凤起写老屋，不是目的，而是期望写出深藏在老屋周边的记忆，包括记忆中那些未知的部分，所以，他起笔写的是村里的说书高手许大伯，结尾写的是启蒙的语文老师，老屋反而成了一笔带过的背景。这种写法，估计是得了说书高手的真传，才敢如此洒脱。

书中写美食的篇幅不少，让人觉得莫家藏了多位民间厨神。我不懂美食，但对莫家奶奶包粽子的场景却记得真切：“两张带椅背的椅子，一前一后摆着……奶奶往后面那张椅子上一坐，双脚微微叉开，随意取两片粽叶叠成漏斗状，右手拿勺把糯米导入漏斗内，用竹筷插几下，使原料填紧，顺势楸住粽叶顶端，暗劲一压，再一旋，三角形粽子成了，用前面椅背上的棕丝条缠两下，打个结一拉，那靠背椅上便垂下一个粽子来。几秒钟一个，几秒钟又一个。不一会儿，那靠椅的棕丝便挂满了三角形……”都说熟能生巧，但我从这仪式般的动作中，看到的不只是美，还有乡村生活的某种神秘韵律。

人们常说这年头诗意消失了，其实消失的不是诗意，而是对生活肌理的体察与记忆。那些常日里娴熟的动作，被当作了墙上的静物，对人不再有丝毫触动。岂不知它预示了召唤的来临，四处迸散的形象，因找到它，才有汇聚于一处的力量。只有把对生活的千头万绪，不经意地落实到一个坚实的形象上，才能对读者有所触动，哪怕它是一种简单的活计、一道菜肴。莫凤起对此中之道，肯定了然于胸，只因他从未失去对世俗生活的惊奇，才能叙述得如此津津有味。

莫凤起写的父子情，是书中感人至深的部分。他父亲幼时学医，行医后治过不少疑难杂症，在当地享有好名声。没有想到名医也会“失荆州”，莫凤起八岁那年，腿部得了“走马疽”，据说此病轻则跛，重则死。他父亲一时大意，未能细察，治疗得有点晚了，在他右腿上留了块大疤，带了残。自此，父母再不让他干重活，总对他说：“孩子，爹娘对不起你。”

莫凤起23岁时，在距家几百里之外的乡村得了漆疮，他父亲听闻，两天走了200多里山路，赶来为他治疗。他回家休息后，返校一路因武斗多，常有死人事件发生，父亲又坚持送他，走了整整两天。快到学校时，有十八里异常崎岖的山路，天色晚了，莫凤起想明早再走，他父亲却说："不能影响你工作，你的饭碗比爹这老骨头重要。"于是摸黑前行。山道泥泞，父亲下山时担心儿子绊倒，"便走在前边，一步一摸索，遇到不好走的地方，便侧过身来，一只脚跨在前面抵稳，一只脚后面挡实，让我的前脚抵住他的后脚，牵着我的手一步一脚、一脚一步地走完了十八里山路"。

看了这段描述，父亲的形象一下就在眼前活了，它并不是苦难，而是苦难中人性的欢歌。莫凤起在父亲晚年时，也常像父亲牵他下山的样子，扶着他过马路、上公车。看到这如期而至的场景，我会心一笑，这细节肯定不是为了惊动周围的目光，但却能让看到它的人，心灵得以栖息。这或许是莫凤起写作这本书的用意所在。

读这书中的篇章，让我联想到近年在民间悄然兴起的家族史及家族写作。虽然当下的这种写作深度与规模，无法与东汉后世家大族的家族文学相比，但表明中国文化正在重新摸索它的源头。家族原本就是中国文化的根基，传统的人道或人文观，只有从对家族的体悟中才能生长出来。家，会影响一个人的情感、性格和文化倾向，如何让其中凝聚的人文情感和文化经验，通过写作进入一个民族的集体记忆中，在今天仍是一个大问题。好在有一些人，开始了自觉的写作。莫凤起就是其中一位。

莫凤起写的湘西、写的茶峒，过去我们多从沈从文笔下，才有所了解。《边城》开篇就写到茶峒，翠翠一家，就住在这小山城溪边的一座白色小塔下。沈从文写湘西，关注更多的是人与自然间"常性"的消失。他笔下的人物往往率真、单纯、自然，并未被现代生活损坏过，尊重生命本真的意志，单纯中甚至透出神性。而莫凤起展示的，则是外来文化对湘西渗透后的景象。由于湘西文化中古风犹存，生活在这里的人仍保持着古朴、天真的生命状态，无论是莫家的爷爷奶奶、父亲母亲，还是说书人许大伯、庄稼老把式岩头大伯、艺人茂顺哥等，都呈现出的一种富有诗意的生命态度和淳朴的人际关系，他们并没有被环境或生存的恶劣所改变。

沈从文一直有追寻自己生命来路的自觉，他所表现的，也是过去中国文化传统中并不多见有、别样的生命状态。莫凤起此书，也是对自己生命来路的追寻，但他更多的是从一家一族的“现场”来表述自己的体验。这些感性的体验，因具有家庭内独特的视角与细节，且保存了大量对湘西日常样态的描述，从某种角度上，丰富了我们对沈从文的“湘西世界”的认知。莫凤起使用的不是成熟的文学话语，而是一种纪实文体，但对我们揭开边地神秘的面纱，同样大有助益。如果说沈从文像湘西的一个自由自在的行吟诗人，莫凤起则更像一个一丝不苟的家族记者。

一方水土养一方人，两人虽文风迥异，但让人感受到背后的地域文化仍是相同的。对家族写作来说，如何写出故土和乡园对自己的影响，如何把这一脉相承的地域文化通过独特的视角展示出来，并让它拥有自己个体生命的内涵和向度，是写作者的首要考验。虽然两人有共同的环境基因，而且这种地域文化的影响已渗透到两人的骨血中了，但由于莫凤起更关注的是一个家族的心理图景与历史记忆，所以展示出的湘西，仍与沈从文大不相同。正是这种差异化的表述，对我们这些外地人感知湘西，提供了多维的视角。古人说“文章藉山水而发，山水得文章而传”，同样的山水生发的文章虽不相同，但只要是鲜活而真实的，那灵魂中的诗意一定获过天助。

还记得书中的那位说书高手，说到牛皋咬牙切齿要找秦桧报仇雪恨时，几声“呀呀呀——”，加上精彩的亮相，吓得那不懂事的孩子直往年轻妈妈怀里钻。让人最感神秘的，是许大伯说书时的收场：“只见他收起马步，将高举蚊刷的手放下，轻轻坐下，端起小茶壶，把壶嘴斯文地凑近嘴唇。”这一连串仪式般的动作，分明让我们看见了湘西文化之魂，如莫凤起老先生自己所说：“这里的每块石头都有形象，这里的每片树叶都有故事。”

这是一样的湘西，也是不一样的湘西，但都是那个神秘而迷人的湘西。

2016年10月10日 于北京

目录

邊城老屋傳人

一

老屋

许大伯是村里说书高手，他的周围常围着一大堆人。

他的故事，有前朝经典，也有新事新编。同一个故事，每讲一遍都有创新，让人百听不厌。许多小屁孩连吃饭都忘了，家长叫了一遍又一遍还不想走，最后硬是被当父亲的揪着耳朵从书场里“请出来”。大人一边揪一边数落：“打不死的程咬金，你总得先吃饭呀！”看着孩子进了自家门，他却蹑手蹑脚折过身，悄悄钻进了书场。

许大伯的龙门阵就是这样的让村里人着迷。

其实，他的道具特别简单，一把自扎的马尾毛蚊刷子，既是道具，也可驱赶蚊蝇。

案头上，一把祖传的同治年间的有嘴带把彩绘茶壶。壶嘴边有一点破损。

故事高潮过后，他便趁这简短停顿，用左手拭去嘴角上的白色唾痕，右手把着茶壶，把那壶嘴凑着嘴唇，抿一口“救兵粮”茶水润喉咙。

接着便是下一个精彩点。

只见他猛地站起身来，手中蚊刷朝前一指，怒目圆睁，咬牙切齿，口中喊道：“儿郎们，快快随俺去那贼窝，把那秦桧老贼擒来剁成肉酱，替大哥报仇雪恨！”

这便是《说岳》中的牛皋。

最后的几个“呀呀呀——”，再加上十分到位的亮相，吓得那不懂事的孩子直往年轻妈妈们怀里钻，差一点没哭出来。

台下，爆发出热烈掌声，还夹杂着年轻人的叫好。

许大伯这才收起马步，将高举蚊刷的手放下，轻轻坐下，端起小茶壶，把那壶嘴斯文地凑近嘴唇。

小时候除了经常同堂兄宣哥去听许大伯摆龙门阵外，最有趣的莫过于邀小伙伴诱蚂蚁了。

大家先是去“壁坑脚”（地脚枋）干燥处寻漏斗窝，用一根小棍在窝里搅，边搅边唱：

地牯牛，
快出来，
你吃盐，
我吃油，
……

这样搅着、唱着，那地鳖虫便被翻了出来，是上等的诱饵。

把地鳖虫放在恰当的地方，那蚂蚁窝里会有几只侦察兵探头探脑，发现猎物后，便转身回窝报信。这时，小伙伴们便念开了：

蚂蚁子，
嘎嘎[1]香，
你妈死了来抬丧。
蚂蚁子，
报信去，
报信来，
你妈死了快来抬。
小路去，
大路来，
耽误事情不要捱。
……

随着大伙的喊声，那“侦察兵”带来许多“兵丁”，拉了很长的队伍，最后连那些大个头的都来了，可谓倾巢而出。

这时，大家会把那诱饵慢慢移向前，与另一窝蚂蚁靠近、靠近。

这样，两军对阵，便相互厮杀开来，看得人眼花缭乱，分不清原来的队伍。直等到最后谁把诱饵拖进窝，才知道谁是胜方。

还有玩石子、嫁新娘也有趣。

玩石子也有歌：

三子归，

---

① 嘎嘎：土家语，肉肉。

归三子，
同溅落，
得一桌。

这样边唱边玩，以石子不掉，接得最多者为胜。

玩嫁新娘，就是选一位小伙伴扮新郎，一位女孩扮新娘。

新郎披了彩带，头戴柚子壳当状元帽，穿两片树叶当状元花。

小女孩头上插满野花，蒙着手帕。

四个人手把手，组成井字，当轿子。一群小女孩把新娘扶上轿，其他的人，有的用南瓜叶梗扎几个眼当唢呐，有的用铜盆当大锣，有的干脆用口学着各种器乐，前呼后拥吹吹打打，把新娘抬上路，新娘则哭哭啼啼骂媒婆。

到了婆家，拜天地，拜双亲，夫妻对拜入洞房，然后大家喝喜酒，闹新房。热闹得很，大家演得跟真的一样，逗得路过的大人直乐。

闹新房时，还会上演猜灯谜的插曲。

所有到场的小朋友都会把自己从大人那里听来的谜语让“新郎”“新娘”猜，猜不中则罚“酒”。

如：

枫香树，枫香叶，
枫香树上下大雪。

（谜底：棉花）

大哥大肚皮，
二哥两头齐，

三哥干疙闹，
四哥戴着顶子帽。

（谜底：南瓜、冬瓜、苦瓜、茄子）

巾吊巾，柳吊柳，
湿处没有干处有，
屋里生，屋里长，
倒生根，任你想。

（谜底：室内倒挂的积尘）

远看像头牛，
近看光骨骨，
屙屎铜盆大，
撒尿细细流。

（谜底：车谷风车）

对面有家人，
嗡嗡闹沉沉，
如果你靠近，
黄狗会咬人。

（谜底：蜜蜂窝）

生吃得，熟吃得，
放在地上跑得。

（谜底：水）

天通眼，
地长包，
水生骨头，
路接腰。

（谜底：下雨、土丘、结冰、桥）

一对黑雀雀，
躲在床铺脚，
白日胀鼓鼓，
夜里光壳壳。

（谜底：布鞋）

一根杆儿撑高楼，
任你举着四处游，
人在楼下走，
水在上面流。

（谜底：撑雨伞）

白公鸡，
拖长尾，
走一脚，
啄一嘴。

（谜底：针线缝补）

一棵树，

十八杈，
又吊葫芦又结瓜，
还有光光乌板栗，
还开圆圆栀子花。

（谜底：油茶树）

一棵树高又高，
浑身插满尖尖刀。

（谜底：杉）

更有趣的是玩“种荷花”。

青石阶上，大家一字排开，坐一溜长排，双手合起来当“土”，种荷人把花种子放在掌心，旁边一个小伙伴当猜花人。

游戏开始了，大家齐声念：

种荷花，
栽荷花，
不知花籽落哪家。
……

大家边念，种花人则开始种花。轮到的人，都假装接住了花籽，并把两手掌合得严严的。逼真、巧妙，猜花人一点也看不出破绽。所有的人都接住花种后，大家又继续念：

金锁锁，

银锁锁，

莫把花籽散落了。

一声“紧绑绑、绑绑紧”，大家把手掌合得更紧。

猜花人这时则察言观色，判断花籽究竟在谁手中。

猜不中，则继续扮演各自角色。

猜中了，则由刚才的猜花人当种花人，刚才接得花籽的则出列当猜花人。

人越多，越热闹；越热闹则越尽兴。

但是，再热闹，再放不得手，只要听到宣哥的嗓门：“武松打虎来了”，我会不顾一切地奔向书场，钻到最前排对着许大伯盘腿坐下来，两手托着腮帮，两眼一眨不眨地盯着大伯，一字不落地听他讲故事，连他唾沫星子溅在我脸上都不觉得。一旦入场，任你再好玩，再有诱惑的事都打动不了我，必定要听到“且听明日分解”才罢休。

我就是这样，在许大伯的说书声中长大。

直到现在，还能背出他那别开生面的开场白：

列位，在下许小国，湖南省永绥直隶厅茶峒人氏、父母双亡、发妻早逝、无儿无女。现与唐氏二姐再婚，相伴度日，闲话带过，书归正传。

今日在下要说的是——

明太祖微服出访，

洪武爷御赐城名。

许大伯说的朱元璋御赐城名的故事，指的是茶峒[1]镇的故事，这可说是个没影的事儿，既不见正史，也不见外传，再说，一个开国皇帝怎么会来这南蛮不毛之地呢，充其量也只是个民间传说而已。可是，许大伯却把它编得活灵活现，滴水不漏，可谓无懈可击。

据民间传说，朱元璋进洞庭，入沅水，沿着汉代马援将军的足迹，进桃花源，观秦人洞，逆流而上，见这里山青水秀，一派祥和，龙颜大悦，随口问侍从："此是何处？"

侍从一时答不上来，正要查阅资料，猛听得艄公用土语提醒水手："注意茶动了。"（土语：茶水溢出了。）那侍从听了"动"音，便把它当成"峒"。峒，是当时行政单位，于是便灵机一动，随口奏道："启禀万岁，这里谓之茶峒。"

朱元璋即命秉笔太监："记下。"

那太监连忙打开《万里山河图》，标下了：武陵郡茶峒。自此，茶峒便有了御赐之名。

这则传说虽无从考证真伪，但茶峒却是真真实实的，她的美丽也是真真实实的。

茶峒，山水秀美，人烟稠密，是湘黔川边区重镇。

北边，大巴山支脉若隐若现，白雪皑皑处，是盛产乌金的川河界。那里天坑密布，暗河纵横；千沟万壑、山高林密，常有传

---

① 茶峒，地处湘黔渝三省交界处，"一脚踏三省"，2005 年茶峒正式更名为边城镇。文学大师沈从文的著名中篇小说《边城》把茶峒优美的风景、善良的风俗和淳朴的人情等融为一体，勾画出田园牧歌般的边城风貌，引得无数读者向往。本书为回忆性作品，绝大多数事件发生在 2005 年之前，因此全书沿用原地名茶峒。

说中的野人出没。

南边，悬崖峭壁绵延数十里、高万仞，天生的铜墙铁壁，高空苍鹰盘旋，绝壁上只有猕猴跳跃。

石壁脚下，从东到西依次是老王寨、李梅界、绿茵塘、半坡阳、火焰土、岩窝寨、雷打坳、中棚寨、白岩、垮岩山、南泰、桂花树、八排、长老坟、茶园坪、暮老、贵潭沟、贵流溪等十八苗寨。

南北两边是方圆百多里的盆地。

清水江从盆地穿过，沿贵州松桃、木树、治午，过峡谷猴儿跳进入四川九龙山下的洪安，绕一道弯，进入湖南，由曲洛、盖鸡坪、骑马坡，一泻而下抵将军山，达永绥厅城，形成酉水汇入沅江进洞庭。有文人将这相关的地名联成对，工整有趣：

将军山，将军骑马上洪安。
猴儿跳，猴儿木树摘松桃。

沿江两岸，水田汪汪，稻花飘香。土家苗寨，依山傍水，隔河相望，组成一幅幅山水美景。

河里，渔船穿梭，渔人、纤夫、鸬鹚、水车、沙洲、水鸟、网罾、捞扛……

岸边，劳作的人们、绿油油的庄稼、快活的小伙、浣衣的姑娘……

小桥，流水，

流水，小桥。

夕阳西下，夜色朦胧，炊烟袅袅。星星闪烁、渔火点点、暮

/ 边城

归的牛群，戏水的儿童……

大樊山、香炉山、九龙山、凤鸣山如四颗宝石镶嵌在清水江的两岸。那些微微起伏的小丘，似飞鸟、似走兽，把这块百里盆地点缀得格外美丽，更加妖娆。

最具代表性的有：

狮子岩

狮子岩，坐落在镇东。从县城西行，过三分桥，登完一百三十二级台阶的兴隆坳，一座大石山突地出现在你面前，像一头大雄狮蹲在这里。更令人惊奇的是那张大口高百米、宽二十米、深一百五十米。原来是座未完全发育成熟的干溶洞。

洞口有狮子庵，供奉如来、观音，洞中石壁有石刻“福地洞天”，洞顶有密密麻麻的岩燕巢。那些倒悬的石乳上，还时不时有岩浆水滴下，在洞内地面形成许多石笋。

庵内僧人，把洞壁边安上竹枧[1]，那岩浆水顺着竹枧流到斋房的大缸内，便成了别开生面的、原始的自来水，供僧人们生活之用。

乌龟坡

乌龟坡与狮子岩遥遥相对。其实，它是一个大土坡，上窄下宽，坡顶平整。远远望去，就像一只大乌龟，形态逼真、栩栩如生。

抗战时期，有一所大学迁校到此，一位古文老师将这联成对：

① 竹枧：毛竹做的水管或水槽。

狮子岩、岩狮子、雄狮雌狮、睡狮醒狮，百狮拜九龙洪安。
乌龟坡、坡乌龟，行龟走龟，爬龟卧龟，千龟朝八排南泰。

巧妙地将这两个景点与四个地名相连，一时成为佳话。

海蚌含珠

石牛溪岸边有一处石崖，一片十来丈宽的大青石斜斜地从地里长出来，如同张开的河蚌，当地人叫它蚌壳岩。

民国元年，张姓人家八十开外的老父母同一天仙逝，这可是件奇事。

两具黑漆棺木停放在正堂。远近僧人、道士都被请来超度亡灵，可苦煞了孝子孝孙，哭一声爹，还得叫一声娘，足足热闹了七天七夜。

在阴阳先生反复踏勘论证后，蚌壳岩确是一块风水宝地，张家便把这对老人合葬在蚌壳内。

这样，蚌壳内便多了一堆圆圆的土丘，如同河蚌吐出的珍珠。这便应了海蚌含珠的典故。海蚌含珠就这样传开了。

金蟾望月

擂钵潭边有一座百米高的石峰，地壳变迁时，从顶上裂了一道长十多米、宽七八米的口子，那口子略偏向西方，这便是远近闻名的金蟾望月。人们来到这里，不管再累，都要一睹为快，因为那深不见底擂钵潭内还有那稀世之宝娃娃鱼哩。

田螺出水

岩坳塘下，有一丘百亩大水田。田中有一块自生巨石上圆下方。田里灌水后，这块巨石被淹没了大半身，在水中若隐若现。

你别说，远远看去，还真像一只大田螺哩，在波光粼粼的水中缓缓蠕动。

龙秀才的后代看上了这块宝地，也学那张家人的路子，把龙秀才的坟迁到这里，那大石上多了一个圆土堆，犹如螺丝盘顶，就更像出水田螺了。形象倒更逼真了，但是也没给龙家带来什么福祉，龙家再也不出秀才。

一碗水牛角泉

苗寨白岩坡后有一石山，山上苍松翠柏、林木茂盛，山脚巨石上有一大岩窝，只碗口大小，里面注满了清水，冬暖夏凉，不见外流，也不知来处。

如果你趴下身子将它喝干，一会儿又自行满了，也不会溢出来。

由于喝水的人多，岩窝四周的大青石被磨得光亮光亮的，跟玉石一般。

边缘还有一个小孔，对着它吹气，便发出号角似的嘟嘟声。

于是人们把“一碗水”又叫“牛角泉”。有首歌谣是这样写的：

牛角泉边有碗水
任你天干不枯竭
冬来喝它暖身子
夏天喝它凉丝丝

井边有一株千年青，枝繁叶茂，因主干有点微弯似驼背老人，人们管它叫勾腰树。

树下光溜溜的大石板上，不知是哪辈好人凿了打山棋盘。

上山拾柴火的、后山做农活的、邻乡赶集的都会聚集在这里，渴了，喝一口透心凉的泉水；饿了，啃一块苞谷粑；累了，大青树下一靠，闷了；勾腰树下弈棋。

……

在许大伯的龙门阵里，

这里的每块石头都有形象，

这里的每片树叶都有故事。

不信吗，他的《杨宫保反龙庭》就是竹子里的故事；他的《反江山》里的苗家智慧人物反江山的打狗棍，打到哪里吃哪里；他的《满朝谏》里的清官朝谏巧计戏奸贼，更是让人耳目一新。

家乡，太美了。

老屋，令人难以忘怀。

正如一句歌词：家乡，生我养我的地方，无论我到哪里站岗放哨，都会把您深情地向往……

因此，自打十九岁离开故乡，离开老屋，即使工作、学习再忙，我每年都要抽时间回一趟老屋，看望双亲、探视乡邻，寻找儿时的记忆，感谢老屋父老乡亲的养育恩。

只要隔一段不回去，做梦都会想到老屋，父母亲身体好不好，垮天大伯怎么了，岩头大伯怎么了，碑表叔怎么了？总是牵肠挂肚的，魂牵梦绕、梦绕魂牵。

故乡的魂，抹不去；

老屋的梦，割不断。

树高千丈叶归根，

/ 边城

难忘故园一片情。

有老人健在，对家乡就多一份依恋和牵挂；他们离开这个世界后，工作一忙，老屋就多少有些淡忘了。

直到前些日子，我接到老家村委会的电话，说边城开发新的旅游项目，于是我们家那栋嘉庆道光年间修建的老屋便成了开发的首选，老古董派上了大用场。

据说，在古代，南方生活着一支少数民族——僰，边城一带便是僰人活动地点之一。这里至今还保留着“大僰山”“僰山沟”“僰山屯”这些与“僰”有关的地名，还发现过西周早期的铜器。我想，这里的“僰”很可能就是土家族的先民。

据相关记载，我老家这一带，于明洪武元年设崇山卫，后撤卫改所；清雍正八年，建永绥协；嘉庆七年，永绥协移往边城茶峒，控制湘川边地，并借黔地螺丝董守备二百多兵丁，构成湘黔川边境联防，镇压边民反抗。

从那时起，这里便开始热闹起来。

在我的记忆中，这条东西向的长两百多米的街道，一色青光石铺成，两边并排着商铺作坊，其中三家缝纫、一家剃头、三家豆腐店、一家大烟馆、三家杂货铺、两家饮食，还有竹编作坊一家、白酒作坊两家、米粉作坊三家、屠宰作坊三家，前街还有私塾一馆。

村西头有一个三岔口：向南，有一条青石阶梯路直达营盘，进了城门，里面一边是衙署，一边是营房，四面大块石头城墙，墙头上有垛口，还有炮台；向北，一条石板路通校场，至今还有墙靶子；向西，也是一条大石板路，经平马硐、瞭望坡、栗树汛，直达协台衙门驻地。这里的“碉”“汛”“协台”“瞭望”等名词便是当年驻防的痕迹。

因此，当时虽只四百多户人家，二百多兵丁，却初具城镇规模，与协台驻地茶峒比起来，差距不明显。

我家的老屋就坐落在村东头，非常显眼。

老屋高一丈九九、五柱八挂坐盘，全杉木、全铆隼，虽经数百年风雨仍基本完好。细算起来，我们已在这里生活八代了。

到了爷爷这一代，又在正屋后面加了一排三间吊脚楼。楼上住人，楼下安置碓、磨，堆放农具、杂物，前屋专门用来活动，显得更宽敞，加上临街的院坝比别人家的宽，于是老屋成了公认的议事厅、娱乐地。

爷爷的几个徒弟曾在这里为爷爷举办过祝寿晚会；解放军挺进大西南曾在这里歇脚；中国人民解放军四十七军剿匪时，这里成了某连临时指挥所；“土改”时，贫雇农在这里聚首；村里合作化的第一声钟声也是在这里敲响……

可以说，老屋不仅见证了我们家族的兴衰，也见证了我们村的历程。老屋的重要性可见一斑，难怪村长的电话催了一遍又一遍，情急中还多少带有几分恳求。

当我带着歉意赶到家乡时，村长便立刻领我去了老屋，迫不及待地告诉我村里的旅游发展规划：为适应旅游发展需要，办出旅游特色，打算向游人推荐“土家文化一条街”，一切都是现成的。你们家老屋重点展示土家人生活原貌，希望得到你们家族的理解和支持。

“这思路不错！”我一边赞许，一边又无不担心道，“只是原来许多物件都散失了”。

“不，大部分都好着哩！”村长带我上了楼。

“多亏老屋后来不住人，一应物体都堆在这楼上，才保住不损失。”我顺着村长手指的方向看去，爷爷用过的工具如锯、刨、草鞋马，炊具如铜勺、抓篱、三脚、鼎罐，奶奶的纺车、织机、陶罐，母亲用过的梭织机、制豆腐的器具都堆在这里，虽蒙了积尘，但大都完好无损。

转到吊脚楼下，石碓、石磨都未受损坏，农具、收割工具都按原样摆放。

“请你回来，就是要你回忆回忆，当当顾问，一起把这些古老的东西真实地展示给游客，让他们更好地了解我们民族。等会儿看过规划后再提点意见。”又说，“难得回来一趟，多住些时日。待布展就绪后，权当一次游人吧。”

接下来的时间，今天本家子侄吃请，明天又是老同学聚会，日子过得快，一晃二十多天过去了。老屋那边则是木工、水泥工一齐上，加班加点、夜以继日，维修布展已近尾声。

这期间，最有意义的是约了几位同学去专门看望小学毕业班的班主任兼语文老师欧宏译先生。

当年，欧先生给我们上语文时，总让我们搜集词语，最有趣的是把相关词语汇总。我的词语汇集本里，至今还有如下记载：

一心一意一分一毫一点一滴一桩一件

一心二用一波三折一石三鸟一咏三叹

一呼百诺一言九鼎一发千钧一本万利

二桃三士两面三刀

三心二意三言两语三长两短三山五岳

/ 爷爷留下的花垣老屋

三湘四水三头六臂三姑六婆三教九流
四书五经四平八稳四面八方四分五裂
五湖四海五颜六色
六面一体六面八角
七上八下七沟八梁七姑八姨
八卦六爻八音九歌八两半斤
九牛一毛九牛二虎九死一生
十拿九稳十全十美
百孔千疮百人一面
千言万语千钧一发千方百计千家万户
千辛万苦千丝万缕千秋万代千虑一得
万无一失万水千山万语千言万代千秋

这些词语，在我们后来的学习中还很有帮助。老先生真有远见。

更有趣的是，他考试的附加题，还要我们按数字的一二三排列出看过的戏曲或书目。

我记得我排列的剧目，得到他的特别赞赏。

我是这样排的：

一枝花　二进宫　三岔口　四进士　五台山
六月雪　七仙女　八大锤　九件衣　十字坡
百鸟图　千年醉　万人塔

他说过，要获得丰富知识必须多读多看，什么书都要接触。

我搜集的土家贺梁歌更是得到他的肯定：谐音用得巧。

一步梯，一路风顺；
二步梯，二龙戏珠；
三步梯，三山五岳；
四步梯，四季生财；
五步梯，五子登科；
六步梯，六六大顺；
七步梯，七子团圆；
八步梯，八仙过海；
九步梯，久长久远；
十步梯，十全十美。

印象最深刻的是毕业典礼上给每位学生发了一个信封，说：“同学们，我教书多年，遇到了一个难题，有一副古对联一直只有上联，请你们在今后的人生路上，帮助我完成这点心愿。十年、二十年、三十年，我等你们的答案。大家打开信封一看，那上联是：一扁舟二客商三四艄公五六水手扯七八尺风篷下九江还差十里。”

他就是这么一位与数字有不了情结的老师。对了，他还是高年级的珠算课老师，说来说去还是离不开数字。

好几个十年过去了，都没有人交出答案。

“文革”时期，我利用晚上时间去看他，对他说：“老师，你那副下联太让人为难了。今天，我不是来交答卷的，是专门来看望您的。”他没事人似的淡淡地说：“再给你十年时间吧。”老师临别，说：“下次来，设法给我请一本毛泽东诗词来。对联联不上，咱爷俩谈诗词。”

回到学校后，我找到一本《毛主席诗词》给他邮去，他兴致勃勃地说起了这些年的研讨诗词的体会：“要说诗词，古往今来，当属毛泽东，伟人就是伟人。诗词气势磅礴，古往今来，想起来，与他伟大思想和革命实践分不开。”

“别的暂且不说，单那诗词中的‘数字’的应用，都够我们研究探讨个没完……”

这么多年了，老先生仍没放弃他的数字情结，只听他继续说：“主席诗词中，用了几十句数字。”现列出来大家共同欣赏，《沁园春·长沙》中，连用三个“万”：万山红遍，万类霜天竞自由，粪土当年万户侯；《菩萨蛮·黄鹤楼》中，用到“九”和“一”：茫茫九派，沉沉一线；《西江月·井冈山》中的“万千重”通过敌人的气势汹汹，更衬托出人民战争的正义和伟大：敌军围困万千重；《减字木兰花·广昌路上》的最后一句，描写了工农队伍的浩大，不可战胜：十万工农下吉安；《碟恋花·从汀洲向长沙》中的两句名句，极其形象地把人民力量表现出来：万丈长缨要把鲲鹏缚，百万工农齐踊跃，一年一度秋风劲，寥廓江天万里霜；《采桑子·重阳》的名句，字里行间，无不流露出词人的革命乐观主义精神：万木霜天、千嶂暗、二十万军、唤起工农千百万；《渔家傲·反第一次“围剿”》连用几个数量词，既有战地氛围，又突出敌人的嚣张，最后一句“唤起工农千百万”“不周山下红旗乱”把人民革命力量的不可战胜描述得淋漓尽致。

同样，在《渔家傲·反第二次“围剿”》中的“七百里驱十五日”，“横扫千军如卷席”把革命军的战略战术通过极普通的“数字”表达了出来，这么重大的战斗，这么重要的战略转移，词人却通过“七百里驱十五日”把它暗示出来，可见词人语言造诣以及驾驭文字的娴熟。

在《十六字令三首》中，有“离天三尺三”“万马战犹酣”等名句，词人以如椽大笔描绘了祖国壮丽河山，歌颂了人民战士的坚强意志，暗示战争环境的险恶。

《七律・长征》中，“万水千山只等闲”成了家喻户晓的名句。一句“更喜岷山千里雪”，把中国工农红军粉碎敌人围堵追截，完成历史性万里大战略转移，胜利到达陕北后的胜利喜悦之情表露出来——革命是不可战胜的。

《清平乐・六盘山》中，简单地“屈指行程二万”，既表现红军战士的大无畏，也表现了指挥领导这次战略大转移的毛泽东本人的镇定、轻松、沉着和雄才大略。一个“屈指”，多轻松啊。

《七律・人民解放军占领南京》中，“百万雄狮”四个字，把人民军队的气势、人民力量的伟大都表现出来，同时还总结出“逆历史而动者必亡”。

《浣溪沙・和柳亚子》里的“百年魔怪”“人民五亿”“万方乐奏”。

《七律・到韶山》中的“三十二年前”、“千重浪”。

《浪淘沙・北戴河》中的“越千年”。

《水调歌头・游泳》中的“万里长江横渡”“一桥飞架南北”。

《蝶恋花・游仙》中的“重霄九”、“万里长空”。

《送瘟神》中的“千村”、“万户”、“八万里”“一千

/ 边城茶峒老屋

/ 边城茶峒老屋百年门、窗，政府要求不得买卖

/ 政府将边城茶峒老屋列为重点保护民居

河”“万千条”“六亿”“五岭”“三河”……

这些极普通的数量词，把新中国的翻天覆地的巨大变化呈现在读者面前，让人耳目一新。

《卜算子·咏梅》中一句“百丈冰”，写出共产党人在新的斗争中如何捍卫马列主义，既表现了共产党人的大无畏，也赞美中国共产党人的梅花精神。

……

老先生滔滔不绝，我们几个学生听得声声入耳，受益匪浅。想不到老师这些年一直不忘研究学问。

这次我回到老屋，同学石邦亚、张明祥、杨武汉等提议，欧先生八十寿辰快到了，我们去给他凑个热闹吧。

一行人来到老先生乡下旧居，把老先生高兴得直嚷嚷：“正盼着哩，你们你就来了！”

刚落座，老先生看着这个，瞧瞧那个，开口道：“又一个十年过去了，不知各位可带来答卷？”问完，那目光一直停在我身上。我知道，这“答卷”指的是那古对的下联。

上联巧妙地将数字嵌在“扁舟”“客商”“艄公”“水手”“风篷”前面，又巧用“九”和“九江”地名的同音巧合，再点出里程“十”，向读者展示了一幅“顺水扬帆”图，构思巧妙、言简意赅、语言流畅。

要想对上它，一要有相关的连贯的数字，二要有一件完整的运行事件。

多少年来，许多人搜肠刮肚都没有对上它。即使对上了，也是牵强附会，生硬得很，不可取。可以说，这是个死对。为讨欧先生高兴，我们几个同学研究到深夜，凑成了几句，并推举有对联爱好的石邦亚出面交答卷，剩下的在旁边帮腔。

我见欧先生直往我这盯，连忙站起来，说："老师，你知道，我们当年没有听好你的对联课，工作后，一切知识都退给你了，想起来都惭愧。好在当年联对的高手也来了，要不让他代表我们交这份几十年前的答卷吧。"

说完，我朝石邦亚努努嘴。

欧老师听我说完，多少有些失望，便把目光转向了石邦亚，说："就看你了。"

石邦亚只好硬着头皮站起来，几十年了还未改那腼腆习惯，红着脸说："这个下联确实不好对，勉强凑得几句，请老师指正：万巨轮千物货百余游人若干管事悬无数面彩旗上汉口方得半程。"见老师还在沉思，石邦亚又重复了一遍。

室内出奇得静，石邦亚仍红着脸站着，等着评论哩。

欧老师环视大家，挥挥手示意石邦亚坐下。这才开口道："总算没交白卷。其实，这是一副死对，你们能做到这个分上已经不错了。我希望我们共同做下去，总有某一天，能让这死对复活过来。"

停了停，他又接着说："当今，最时兴讲攻关。做学问也有个攻关的问题，靠一代人不行，我们就一代一代传承下去，总有一天会攻下这个堡垒。"

回来的路上，大家回味着老先生的话语，都深受鼓舞。后来，我们的话题又转到当年老先生组织同学们搜集整理歇后语的故事上。

记得那天下大雨，欧先生中午就组织大家在教室里听他讲歇后语，讲完了，照例是大家讲一个，他就在黑板上写一个。这时，黑板上也先后出现：

大门口摆粪桶——臭名远扬。

门缝里瞅人——扁了。

外甥打灯笼——照舅（旧）。

扛钉钯进油房——挖枯（挖苦）。

哑子吃汤圆——心里有数。

哑子吃黄连——有苦说不出。

虾子过河——牵须（谦虚）。

九龙坡上唱山歌——高调。

刀刃豆腐——二面光。

看看大家兴致未尽，欧老师显得很高兴，手里一边写，嘴里还一边说："再来，看谁搜集最多。"

这时，我忘记了是在教室，脱口说："老师，还有一个叫'门槛上砍狗卵一刀两断'。"语音刚落，惹得男生哄堂大笑，女生则"痞子、下流"的骂个不停，羞得我满脸通红，等着挨老师批评。

欧老师让大家平静后，说："大家的笑声，说明了这则歇后语的生命力，出自民间的大众的语言总是那么贴近生活，生动得很、形象得很。"于是转过身去，在黑板上写下了：门槛上砍狗卵，一刀两断。

这事过去了几十年，同学们一直把它当笑话，可我却抹不去这师生情。

又过了几天，村长怕出差错，不能天亮了还尿床，于是要我再去审视。我认真看完了每一件物品及搁置点，最后说："记忆中就是这个样子。"又说："如果没别的事，跟我去一趟镇里，我有事同你商量。另外，剪彩的事我就不参加了。"

"什么事这么神秘，还得去镇上。"村长边走边问。

"到时你就知道了。"我还是不愿告诉他。

我们一同来到镇上，田秘书热情接待。趁递茶的机会，他对我耳语："老先生，都按你的意思打印好了。"

田秘书是个什么时候都不忘开玩笑的人，他对我挤了挤眼睛，又看了看村长，这才说："两位来得正好，选什么日子开张呀？还有，这一路下来，你们村同老先生怎么分成呀？难不成你们村上还去占老先生的便宜？"

村长马上接腔："这事村里研究过，三七开。老先生坐收三成。"

田秘书说："说话算数？"村长说："算数。"

"签字吧！"田秘书顺手从抽屉里拿出打印好的合约，递到村长手上，村长看见分成栏空着待填，并且看到最后一条"将分成所得款项全部捐给中心完小永作教育基金"时，心里特别激动，便高声说："老先生做善事，行善举，关心教育、爱护后代，我们不能落后，那就填四六分成吧。就按老先生意思，他作为入股形式参与我们运营。年底分红，他名下的红利全部捐给小学。行，这个字，我签了。"

按我原先的想法，争取到三成就不错了。没想到村长这么爽快，还加了一成。

签字画押后，我说："老屋的保护就仰仗两位了。这次出来的时间太长了，就此告别，后会有期。"

/ 如今边城人民的生活

二

爷 爷

返京归途中，我躺在卧铺上，思绪万千，老屋的影子老是浮现在眼前，一会儿爷爷奶奶，一会儿父亲母亲，一会儿幼时的伙伴……

这，就是乡愁；这，就叫魂牵梦绕。

爷爷是位慈善的老人，微胖的脸上总是挂着笑容。他有三个儿子。大儿子泰华不满十七岁那年，保长欺他不识字，让他去送写着“来人即壮丁”的公文。结果泰华自己把自己送入虎口，后在开拔途中组织逃离，被杀害。

二儿子泰嵩刚满十八，保董以“两丁抽一，三丁抽二”为由，在春节的戏场里将他抓走。据说后来去了台湾，杳无音讯、生死不明。

爷爷经过这些打击后，深知读书识字的重要、发誓：讨米要饭，也要让孩子读书。

为了让小儿子念上书，爷爷除种好那几亩薄地外，农闲时，就地取材，利用稻草编草鞋、蒲团、草垫，很畅销。解放军剿匪时，爷爷还为驻扎在老屋的某班战士编织过草鞋，派上大用场。

爷爷善竹编，编菜篮、撮箕、背篓、饭篓、背带、搓竹缆绳……他义务编撮箕，支援洞庭湖治理水患的事迹还上过地方报纸。

爷爷还是土园艺师，老屋后面有半亩果木园，里面除桃李外，还有橘、柚、柿等果木。柑橘要七八年才挂果。爷爷采用“靠接”的土方法，提早了挂果期。

爷爷年轻时，当过绿营兵的伙夫，跟着守备田老爷家的厨师学了许多厨艺，后来又到船上当厨师，往来于茶峒—沅陵—汉口之间，所以烹调才是爷爷值得骄傲的职业。

山里人有个习惯说法，管能做饭的叫伙夫，管能办席的才叫厨子。厨师这个名字是现代才有的。爷爷经常对徒弟说：“当厨子的做菜，不仅要练刀功、看火候，还要为主人争光，让客人满意，千万来不得半点差错，坏了名声。”全村四百多户人家，凡有红白喜事，寿诞宴请都是爷爷掌勺。这其中原因，除了他曾经做过田守备老爷的家厨、手艺高超外，还有就是一能替主人当半个家、帮助谋划，二是能一条龙服务。这是什么意思呢？但凡一般厨子，不会宰杀这行当，只能用现成的猪羊肉。爷爷则能自己杀猪宰羊，替主人省了一个人，因而请他去办席的人家特别多，往往都要提前预约。

爷爷烹调，不怕别人偷艺，只要肯学，他都手把手教。一堂酒席下来，连主人家也学了不少烹制工艺。

比如制作甜酒，北方人叫醪糟。

酿制醪糟，看似简单，实则有很多讲究、忌讳。土家人办喜事，进出前后七天，过早、夜宵都要用到醪糟：甜酒煮荷包蛋、甜酒汤圆、甜酒糍粑。做大菜扣肉时，也要用它做配料。一般厨子都要提前去酿制。甜酒做的成功与否，直接预示未来，是主人特别持重的。不论主人、厨子都把它看得特别重要，希望有个好兆头，所以特别小心。

爷爷根据多年经验，总结出“酿酒六步走，香飘巷子口”的制酒秘籍。

第一步：精选糯米，做到无任何杂质，无半点谷粒；

第二步：淘洗浸泡，当米粒用手捏得碎时即可；

第三步：将浸泡过的糯米在筛子上沥干；

第四步：蒸煮，大锅洗净，置入清水，将木甑放入锅中起火，甑脚水烧开，木甑来气后，将甑取出置于案几上，小心翼翼将沥干的糯米入甑，置于锅中，等大气后，表面的米粒都变成了饭粒，盖上盖子焖一炷香（十分钟）左右。

以上操作必须注意两点：一、保持器皿洁净、不沾油盐、以利发酵；二、上甑时，千万千万不能将米粒掉入锅中，否则锅内老是咕噜咕噜，柴火烧了许多，就是不来气，半天蒸不熟，彩头不好。主人一家不高兴，憋着气不顺心，喜事先自没了喜气。

第五步：关键的一步。将酵母用温水化开，待用。将蒸熟的糯米饭倒进干净的大簸箕，用竹筷把它摊开，等到觉得同体温差不多时，将酵母液淋上去，边淋边拌、洒布均匀。这一步特别要注意温度——温度过高放酵母，酒会发酸；过低，则不出酒。

第六步：将拌匀的糯米饭移进洁净的陶器盆内，稍稍用勺压一压，中间空一个小小的窝，上面覆盖干净的蒸布，陶器四周用保温物（如棉絮、棉衣、稻草）裹好、置入柜子或纸箱内，不要移动。

/ 长辈们的劳动工具

一般夏天两对时[①]（48小时），冬天三对时（72小时）或再长一点时间就有酒香溢出，醪糟便酿成了。

这里还要提醒的是，在盛拌好酵母的糯米饭时，要用大一点的陶盆。就是说，所有拌好的糯米饭只能装在一个盆内。如果装成几盆，百分之百的发生“争窝”现象，会出现一盆甜、一盆酸的现象。这是爷爷再三嘱咐徒弟们的经验之谈。

还有，“扣肉九道坎，皮酥肉肉软”。

扣肉

扣肉，因如梳子状，又叫梳子肉，有的还叫它烹。扣肉是宴席上的大菜，有“无烹不成席”之说。席上有无扣肉是主人的脸面，也是客人的脸面，扣肉做得好坏，是否丝丝入扣，又是厨子厨艺的展示和光彩。其具体做法有九道工序：

第一道：盐菜切碎，姜切片，酸辣玉米炒熟，待用。

第二道：猪五花肉刮洗干净，切成巴掌大方块，待用。

第三道：将大块五花肉放锅内煮，等到肉皮能用竹筷插进，捞起。

第四道：将煮好的肉抹一层甜酒浮子，备用。

第五道：锅内放植物油，油烧到八成热时，将抹上酒糟的五花肉皮朝下放入油锅内炸，起褶皱后，翻炸肉面。整个金黄后，将肉捞起放入刚才煮肉的温汤内。爷爷说，这是个小窍门。炸好的肉块置入温汤内，不仅颜色光亮，又容易蒸烂，到口便融。

第六道：将浸过的肉块捞起沥干，顺着纵的方向下刀，切成半

---

① 对时：一整天。

指（约0.8厘米）宽肉条，成梳子状，但要保持皮似断非断的样子。

第七道：将切好的似断非断的肉块，皮朝下盛进碗内，再在肉上面放入盐菜、姜片、辣玉米酸。

第八道：上甑蒸45分钟。

第九道：装盘。用大菜盘，香菜铺底，将蒸熟的扣肉反扣在盘子上。用餐时将碗揭开，一道色香味美的主菜就成了。那金黄色造型让人眼馋，那扑鼻的香气让人直咽口水。

爷爷还有几道特色菜。它们是：

粉蒸肉

粉蒸肉也是席上少不了的主菜之一。制作简便，介绍如下：

将大米、糯米各半与五香炒至金黄，磨成粉，备用。

将五花肉洗净、切片，用酱油腌渍半小时后，拌上米粉，搅拌均匀。再将这些拌好的原料，盛进碗内，上甑蒸45分钟。

麻辣姜片鸭

辅料准备：糯米一碗，淘洗浸泡；姜片、酒糟、酱油、红辣椒（鲜）、啤酒一瓶。

活鸭一只，放血，将血滴入浸泡好的糯米中，拌匀，糯米鸭血一起上甑蒸熟，冷却后切小方块、油炸，这叫油炸血粑，待用。

鸭退毛，剖洗干净，切块，沸水中焯、沥干。

炒锅中放少许油，鸭块倒入，加酒糟姜片翻炒，加酱油焖半小时、放啤酒、烧开，小火焖40分钟，加入鲜红辣椒段，血粑煮透、即成。

黄鳝莴菜火锅

主料：黄鳝。

佐料：酱油、豆豉、姜丝、酒糟。

配菜：莴菜、嫩笋、鲜菇。

黄鳝剖开去骨、洗净、切段，待用。

油锅起火，放豆豉、姜丝，再放入鳝鱼段，加酒糟翻炒，加酱油小火焖、掺汤，汤开后下鲜菇。这便是火锅料。

将火锅料与火锅一同上席，另一只大盘盛莴菜、嫩笋，边下边吃。喜欢辣味的，还可蘸着油辣椒蒜泥食用，风味独特。

这道菜，在解放军入川的那年，曾得到一位操着川腔的首长赞誉，是爷爷一生的荣幸。

我清楚地记得，那是一个多雨的秋天。母亲刚摆好豆腐摊，一位村公所穿黑制服的警察端着米来我们家换豆腐。

突然，东边的兴隆方向传来“叭叭”枪响，那警察顿时吓呆了，手上盛米的饭篓盖掉在地上，大米撒了一地，母亲连忙收摊，那警察好一阵才想起往营盘上跑。

不一会儿，湘川公路上便出现了大兵队伍，还不时有军车、马拉炮车开过来。这支队伍，前不见头、后不见尾，四列纵队，几天几夜都没有过完。

一天从吉普上下来一位军人，后面跟着两个挎抢的，一看就知道这人来头不小。这时驻扎在我们吊脚楼下的四名军人一齐迎了上去，立正敬礼后，把这位军人带进老屋，正好与爷爷撞了满怀。爷爷不好意思起来，驻扎在我们家的大个子连长介绍“这是房东”，那人忙接口：“老乡好，我们在这里打扰你了。”又问，“老乡多大了？”爷爷听来人操着四川腔，与我们这里口音差不多，又这么亲切，也解除了刚才的窘迫，学着戏里的道白：“属马，光绪壬午年，白活了六十七岁。”那人依然操着川腔：“我属龙，光绪甲辰年。算起来你大我二十二岁，该称你老大哥了。”

这时，母亲正过来请爷爷用晚餐。

爷爷说:“长官，按我们土家的规矩，叫过门为客，同我们一起用一点吧。哪怕是端一下碗，表示一下意思，也行。”

来人婉言谢绝，说不拿百姓一针一线，坚持不入席，还是母亲有主意，用小碗盛了一勺饭，夹了几样菜，连着筷子递在来人面前，说:“我公公说得对，过门为客，这里过河就是四川，一家人嘛。你不入座也行，就在这里设个便席，你就随便尝一尝百姓的饭菜吧。”这时，奶奶也搬来一张小几，把来人逼得无了退处。他也再不好推脱，吃了起来，边吃边夸:“味道不错，味道不错。”

临别，他还再三嘱咐战士:“你们撤离时，一定得把这餐饭钱付清。”在几位军人护送下，他上了吉普车。事后才知道，土匪周矮子焚毁了茶峒公路大桥，临时浮桥未搭建好，为了首长安全，所以在这里停留两小时。这才有了这段奇缘奇遇，为老屋增辉添彩。

二

奶奶

如果说，爷爷在厨子这个行当上有成绩的话，那一大半的功劳应当属于奶奶。

奶奶的娘家在老司山，一听就知道是土家族地名。

奶奶为人和善，又乐于助人。每年的端午节是她最忙也是最开心的一天。

山里人每年端午都有包粽子的习惯。奶奶包的粽子个头大、结实、品种也多，什么带碱粽、绿豆糯米粽、红豆米粽、肉丁粽……一大串，连名都叫不上。

制作粽子，先要去山上采集粽叶。这里山沟里漫天长着箭竹，采集起来挺方便。有的人家去那山里挖来竹根，栽在园圃四周，一来做竹篱，二可采粽叶，更方便。另外家家户户地角还种有棕树，砍一柄棕叶下来，去掉叶片之间的细梗，捆绑粽子的细绳也有了。

有的人包粽子要先浸泡糯米，这样煮出来的粽子太软，不劲道。奶奶制粽子只浸泡豆类，糯米只洗不浸泡，煮出来的粽子紧凑、结实、不散架、劲道、有嚼头，越嚼越出味。

奶奶包粽子的架势我至今记忆犹新：两张带椅背的椅子，一前一后摆着，前面一张用大石头压着，让它平衡，靠背上绑着那棕叶丝，待会用它来吊粽子。两椅中间，左手地方搁洗净的粽叶，右手地方搁原料。只见奶奶往后面那张椅子上一坐，双脚微微叉开，随意取两片粽叶叠成漏斗状，右手拿勺把糯米导入漏斗内，用竹筷插几下，使原料填紧，顺势楸住粽叶顶端，暗劲一压，再一旋，三角形粽子成了，用前面椅背上的棕丝条缠两下，打个结一拉，那靠背椅上便垂下一个粽子来。几秒钟一个，几秒钟又一个。这样，不一会儿，那靠椅的棕丝便挂满了三角形，随着奶奶的用力，摆来摆去。

奶奶包粽子，魔术似的。看她操作，简直是一种享受。

奶奶忙完别人家的，才回家包我们自己的。尽管她忙了一天很累，但还会赶紧连夜把粽子煮出来，爷爷也在灯下用篾块削竹叉。这叉很特别，竹块的一截是握把，另一端上留两颗长齿，这是爷爷在船上当厨师时，看见有的人用铜叉叉东西吃，于是回来后，就仿照那铜叉做了竹叉来叉食物。开始的时候，山里人看了不习惯，说："那不把舌子刺破了！"后来，大家伙看见用它叉粽子，不粘手，挺方便，于是到了端午节来讨竹叉的人特别多。

第二天一大早起来，奶奶早把粽子剥开了盛在大盘内，旁边的小盘内还化了两小碗红糖水。于是大家便捏住叉子，叉了自己喜爱的品种，在那糖水碗里一沾，便吃了起来，还不时说几句夸奖的话，奶奶特别开心。

吃过粽子，母亲便给我换上新衣，穿上前面有个小红绣球的麻耳草鞋，爷爷便会牵着我的手去茶峒看龙舟赛。因为我最喜欢看那些水手到了终点抢鸭子的场面。鸭子是游泳好手，可是在那些水手面前被追得无路可逃，翅膀扑腾，水花四起，都无济于事，最后筋疲力尽，乖乖就擒。岸上一片欢腾。

直到现在，一到端午节，我就会想起奶奶的粽子、红球球、麻耳草鞋、龙舟、水手和抢鸭的场面；在用西餐时，看到那个银闪闪的餐具就会触景生情，浮现出爷爷那别致的竹叉来。

奶奶做的酸菜也别具一格。

在山里，说到酸菜，别人会问：是泡酸呢还是醃酸？

泡酸先要制作酸酿。将嫩玉米棒放锅里煮半小时，把玉米汤倒入广口陶坛坛中，待冷却后加一匙醋或酸水，放入花椒粒，用竹筷搅动，盖好待用。

将红萝卜缨去叶留梗，把梗洗净，沸水焯过，捞起，放入制好的酸酿中，两个对时可食。吃的时候挟出来，洒一点盐，拌上辣椒粉，脆嫩可口，酸中带甜，是山里人著名小吃，有开胃健脾助消化的功效。

红萝卜洗净、切丝，放进酸酿，只一夜功夫就能食，这叫隔夜酸。用它炒肉丝、炒肉丁，味道简直叫绝。粉红的萝卜丝嫩嫩脆脆夹带着肉的香味，吃一口想两口。山里人请人干活时，常用它做午餐菜，又送饭又解渴。

红萝卜切片，放入酸酿中，那萝卜慢慢由白变红，待酸透红时，捞出来。这时，用一小碟子，盛一点油辣椒粉，用筷子夹着酸萝卜片，一片一片蘸着佐料慢慢受用，酸度适中，香脆可口。一边吃，一边瞟着那坛坛中粉红透亮的酸水，连旁边的人都馋得直咽口水，更是小孩子的首选小吃。因为它既便宜又开胃，更是山里孕妇妊娠期的特殊食品。

酸酿制好后，除了泡萝卜外，还可泡辣椒、泡盖菜梗、泡白菜梗、泡藠头、泡刀把豆、泡长豆角……什么菜都可以泡，但要注意经常掺凉开水，经常搅动，酸酿才越酿越活鲜。这种泡菜既可当小吃、当配菜，也可作下饭菜，还可做饺子馅。

醃酸是指把原料盛入大肚小口的陶器中，隔绝空气酿制出的酸菜，原料广泛，操作容易。奶奶制作的最有特色的几种醃菜是：

玉米辣椒酸菜

原料：玉米、新鲜红辣椒。

制作：将玉米磨碎（粉状），辣椒剁成段。将辣椒段用碓舂碎，加入玉米粉，继续舂，让玉米粉与碎辣椒黏合均匀，以干湿适中，不沾手为宜。

将舂好的原料盛入大肚小口器皿（无砂眼不漏气），边盛边用手稍稍压一下（千万别使劲压，压得太紧原料吸水后会胀破器皿），当原料装到快接近器皿颈部时，将一张干净桐叶盖在原料上，再在桐叶上塞干净玉米棒外壳或稻草，稍稍加压，不让原料在器皿颠倒时漏出。这时，再将器皿倒立在岩钵上，并将清水注入岩钵。这样，原料处于与空气隔绝状态下自然发酵，半月内便可食用，但注意观察岩钵的水，定期清洗更换。

特色：色泽亮丽，黄中带红、甜酸适度、香气浓郁。

食法：将玉米辣椒酸取出盛盘中蒸45分钟，待用。五花肉熟煮后切片在锅内翻炒，出油后，倒入玉米辣椒酸，加盐、少许味精，起锅装盘，酸酸辣辣、美味可口。这种玉米辣椒酸，将它稀释，还可用来勾芡，更是风味独特。特别是把嫩豆腐开水煮透后，取一点玉米辣椒酸稀释，倒进豆腐内烧开，其效果口味都不亚于麻婆豆腐。

糯米辣椒酸

原料：糯米、新鲜红辣椒。

制作：糯米磨粉，红辣椒剁碎，制法同玉米辣椒酸一样。

特点：粉红艳丽。

食法：将原料取出后，在器皿中揉成小团压扁，放油锅里炸或煎锅里煎，即可食用。吃起来，酥酥糯糯，酸中带辣，别具风味。

全紫辣椒酸

原料：精选皮硬，细长的紫红色鲜辣椒。

制作：将原料带柄过沸水，快速捞出，沥干，冷却，撒少许食盐轻轻拌匀，装进大肚小口器皿，轻轻压几下，使原料在器皿内不留空隙，上面铺一张桐叶，再塞满洗净的玉米壳，反扣在岩钵上，岩钵内注水让原料隔绝空气发酵，半月内可食。但注意，每次取出原料后，要立即按上法，用玉米壳填满器皿，将岩钵水重新置换，将器皿重新倒置。里面的原料经久不坏，仍是香辣扑鼻，一闻都冒汗。这种酸辣椒用来炒肉片、炒肉丝、炒香干。

剁辣椒

原料：全红辣椒（以肉厚者最佳）、姜。

制作：红辣椒去柄、洗净、剁碎（奶奶是用磨磨碎成汁状），姜切丁或片，两种原料拌匀，加适量食盐，盛入翻水坛内，盖上盖，往翻水罐储水沟内加清水，让原料隔绝空气，自然发酵，七日内可食。

特点：红黄相间，酸中带辣。如果将红萝卜片、红萝卜条放进去泡，一天可食，味道纯正，酸中夹甜，香中带辣，脆脆嫩嫩，可称天下美食，个人觉得比韩国泡菜不知要强多少倍。

江南糯小米酸鱼

原料：南国糯小米、鲜鱼。

制作：鱼剖洗干净，沥干，洒少许食盐、花椒粉，糯小米淘洗沥干。将小米盛入鱼肚，一条条码进大肚小口器皿中，码一层鱼，上面铺一层小米，小米上面再码鱼……。如前法，可倒立岩钵上，也可用翻水坛，隔绝空气，自然发酵。

食法：油煎或油炸。

特点：色泽金黄、酥松、脆香，是来客小酌的好菜。

大头菜酸

大头菜经过山里人多年培育，已适应这里的环境，栽培较广用它制出的酸菜同涪陵榨菜齐名，漂洋过海到了大洋彼岸。

可以说，常年四季，一日三餐的土家人饭桌上，都少不了一碗大头酸菜，故有“一餐不食酸，走路打闹蹿”的说法。

大头菜是两年草本植物，头年秋天下种育苗、移栽，第二年惊蛰节前必须收割，过了这个节气，它就要拔节开花了。

大头菜收获后，抖掉泥土，置通风处。蔫干后洗净、拧干、分类：叶、梗、根为一类；大个头单独为一类。将叶、梗、根一起剁碎，按前法置入陶器中，隔绝空气，发酵，半月后可食用。

将萝卜样的大个切成丝再晒干了放器具中隔绝空气自然发酵，叫大头丝酸，色泽金黄、不发软有嚼头，酸中带甜，香脆可口，经年不变味，可单独食用，也可与肉丝、肉片、肉丁配炒，还可做馅。

还可将大头菜个，切成两半，整个的腌制，同样隔绝空气发酵后，再拿出来做配菜，口味同样不错。

大头菜酸在土家人的饮食文化中占有重要位置。

/ 今天的凤凰美食

醃盖菜酸

制作前，将玉米粒炒熟，磨成粉，待用。盖菜叶阔梗宽，将整片盖菜洗净，焯过，捞起盛大容器中，加盖，待其变金黄后，用清水冲洗，堆码整齐，上面盖蒸布，压重物，让水沥干，待用。

把沥干的盖菜切成三四厘米长的段。放进大盆内，拌上磨碎的熟玉米粉，加上少许辣椒粉、适量食盐，拌匀，盛入大肚小口容器中，按前法隔绝空气发酵。

这种青菜酸，土家人叫它醃菜，色泽金黄、酸味浓郁、辣中带甜。湖南电视台主持人汪涵先生在广告中说的老坛酸菜就是这个酸菜。用这酸菜炖活鱼，特别入味，汤也格外鲜。

一到夏忙季节，土家人用过早餐后，便扛着锄头上山，锄把上挑着饭篓，里面盛着苞谷饭和苞谷粑，还有大头菜酸，另一只手则提着有醃菜的楠竹筒。

午休了，人们便用树枝当筷子，津津有味地吃开了。饭后，把山泉接进楠竹筒、搅拌几下，便是酸中带甜的饮料，开胃解渴，不伤肠道。

吃饱喝足后，妇女们便在树荫下忙针线：纳鞋底、绣荷包、挑花、打花带；男人们则抽烟、聊天摆龙门阵；青年哥哥们则用土红在大青石板上画棋盘，三五成群下打三棋。

此情此景，让人想起世外桃源。

奶奶说，在所有的酸菜中，最容易的是长豆角酸。把鲜嫩的长豇豆去蒂去柄洗净沥干，切成小颗粒状，一刀成，不要剁。按前法隔绝空气发酵，两个晚上便可食用。开坛时香气四溢，酸度适中，可单独炒，也可与肉末同炒。炒的时候，如果放几截干辣椒段、几粒花椒、几片蒜瓣，味道更美。长豆角酸也可作馅。

奶奶制作的干菜也很出名，做的盐干菜更是叫绝.

山里人办喜事，最讲究的是那道压轴菜扣肉。做扣肉配菜少不了玉米辣椒酸和盐干菜。这里的盐干菜就是梅干菜。

其实，盐干菜做起来也挺简单，只不过多几道工序而已。

将雪里红洗净晾晒半天后撒盐，揉搓、浸泡三天，注意盐不可太多，否则太咸有苦味。将浸泡过的原料捞起、榨干水分后与黄豆一起煮一小时。捞出来后在太阳下晾晒两天，在干菜上抹一层熟植物油，油光闪亮香气四溢的盐干菜便可装罐储存备用了。

如前所述，扣肉前几道工序完成后，将盐干菜切碎，搁扣肉条上，蒸三炷香（45分钟）工夫，筵席大菜便成了。这样蒸出的扣肉色泽鲜艳，肉软菜烂，咸淡适中，老少皆宜。

一般人做的盐干菜由于缺少“与黄豆共煮”的工序，所以菜梗部分蒸不烂，嚼不动。奶奶说过，不仅盐菜要蒸了再晒，凡是干菜，如笋干、干豆角都要过沸水焯后再晒干，否则嚼不动。奶奶的牛干巴也是腌制后，隔水蒸熟后再风干，易嚼，很受欢迎。

逢年过节，奶奶变着花样做很有特色的主食。

糯米粑

原料：大米2份、糯米1份。

制作：大米淘洗浸泡1小时后，倒入糯米，再共同浸泡半小时，沥干。然后，将原料用碓舂①，过罗筛，制成米粉。

这里附带介绍一下制作工具。土家人常用的筛子有几种：一种大格眼的是农具叫筛灰篮；隔米用的叫隔筛；筛玉米糁的叫

---

① 碓舂：用杵臼舂米或捣物。

细筛；筛粑粉用的叫罗筛。我们家的所有的筛都是爷爷自己编织的。数罗筛工夫最细致。罗筛的过滤布是用马尾毛夹棕丝织成；编好后用巴掌宽的薄竹片圈成圆圈做罗筛的边帮；把边帮与过滤布联起来用麻线缠紧，就成了罗筛了。

使用时，地面上放一大簸箕，将舂好的米粉抓一把放进罗筛一只手托着罗筛来回晃动，另一只手轻轻拍打筛帮，那细绒绒的米粉便雪花似地落到簸箕内；那粗一点的则留在罗筛内，倒进碓窝内再舂。再舂再罗，再罗再舂。

要做糯米粑前，奶奶提前知会母亲把米泡好沥干，把碓窝收拾干净，奶奶则检查筛罗簸箕是否需要维修。一切准备停当，母亲端着原料，奶奶一手挟工具，一手牵着我，迈着那三寸金莲，颤颤巍巍地来到吊脚楼下的碓磨房。

母亲递过一张小几，让奶奶坐稳。这才将原料倒进碓窝，顺手拿起长长的前端带弯钩的搅棍，一脚踩在碓踏板，那碓便“吱”的昂起头来，轻轻一松脚，那碓杵便“梆”的落了下去，正好准准地砸在碓窝中心，母亲趁碓杵升起的当儿，把搅棍一拌，砸开的洞眼就填平了。

母亲右手腕上常年带着一副银镯子，闪亮闪亮的。那银镯碰在搅棍上发出叮当叮当的响声，十分悦耳，再随着母亲脚下的一踏一松，那古老的碓轴也咔吱咔吱唱起歌来，和奶奶拍打罗筛的响声交汇在一起。一时间，银镯叮当声，罗筛啪啪声，碓轴吱吱声，碓杵嘭嘭声组成了世界上最动听的交响乐。人们听到吊脚楼传来的这种乐声，便知道奶奶要蒸糯米粑。

粑粉准备好了，接下来就是看制作什么样的品种了。这里的馅多种多样：红豆馅，将红豆煮熟，用碓捣碎成豆泥，可甜可咸；绿豆馅，绿豆煮熟，用勺轻压便可成泥，可甜可咸；盐菜肉丁，将猪肉切丁，肥瘦各半，炒出油后，加切碎的盐干菜；香干肉丁，猪肉肥瘦各半切丁，香干切丁，鲜椒切碎、炒熟；酸菜肉丁，做法同上；还有茴香馅等，但用得最多的是芝麻、黄豆粉馅和盐菜肉馅。因为这几种馅都不发馊，在没有冰箱的时代，只有它们耐储藏。

馅准备好后，就用开水和面，经过揉面、拧团、捏窝、加馅、封口、修饰几道工序后，便可上甑了。

如果做蒿菜粑，则还要先采集蒿菜和包粑用的桐叶。

大山里有两种蒿。

香蒿，又叫社蒿，是土家人做社饭的必需原料。另一种蒿叫粑蒿，便是用来做蒿菜粑的。把采来的粑蒿去梗洗净煮烂，用碓捣碎成泥与粑粉拌在一起揉。

这时，将洗净的桐叶表面抹一点熟植物油（防粘），把做好的蒿菜粑团加上馅，封口，用桐叶包好、扎线，便可上甑了。大火蒸45分钟后，翠绿绿、香喷喷的蒿菜粑便可食用了。

如果把这种粑放冷，第二天连着桐叶一起烤，满屋奇香，味道更是独特。

奶奶蒸糯米粑，还用到另一种材料——芭蕉叶。

整个山寨，只有营盘内守备田老爷家有芭蕉。虽很稀贵，但看在爷爷曾在他家当过家厨的份上，要一些回来也挺容易。当然，去讨芭蕉叶向来就是我的任务。

守备老爷在辛亥革命后不久就病故了，只留下夫人和儿子，孤儿寡母。

土家人管祖母叫婆，田老爷当政时，村人尊田夫人为奶奶，所以小辈人都称她为奶奶婆。

“奶奶婆——”老远我就扯着嗓子喊。

奶奶婆还未现身影，她家大黄狗先迎了出来，耳朝后、昂着头，对着我直摇尾巴，还在我身上嗅来嗅去。

“要几张？”奶奶婆像预先知道似的，手里握着把刀。

“两张，要厚一点的。”这是奶奶交代的，我照直说了一遍。

奶奶婆举起刀，“咔嚓”两下大芭蕉叶掉下来。她把两张叠在一起，把中间部位搁在我肩头，并叫我用手把住柄，手一扬，示意可以走了。我不忘说：“谢谢。”还说：“请奶奶婆上我们家吃蒿菜粑。”我拖着那又大又长的芭蕉扇离开了昔日的守备衙门。大黄狗在后边跟了我好远，直到奶奶婆叫了几声“老黄”，它才不情愿地调了头。

说起来，这老黄还是一条义犬呢。

老黄比我大三岁。在我出生那年秋天，奶奶婆的儿子去垮岩山拾柴火，老黄也跟了去。拾着拾着，田公子只顾头上，没注意脚下，被石头绊了一下，稳不住，滑下半山崖，上不来，下不去，卡在那里不敢动，老黄见主人遇险，在崖上转来转去，探头探脑，无计可施，只好时不时地发出汪汪汪的声音。

也是田公子命不该绝。爷爷采集香料恰巧路过这里，老黄闻到熟人气味，一下子蹿过去，咬住爷爷裤腿不松口，拼命往崖边拉，爷爷便知有事，跟着老黄跑了过去，看见田公子卡在山崖下，连忙抛下绳子，把田公子拽了上来，田公子这才捡了一条命。奶奶婆对爷爷特别感激，连老黄对我们都相当亲热。

后来，许家的垮天大伯，把这编成故事给年轻人摆龙门阵，百听不厌。至今，我还记得垮天大伯飞着唾沫的样子，还有他绘声绘色的开场白：

列位，今日在下要道的是：义犬深山护主，泰公悬崖救人。话说民国三十一年深秋……

垮天大伯叫许小国，因为说书时照顾情节需要，渲染时有点夸大其词，村里的同辈人就背地里叫他垮天，这样小国这个大号便被垮天这个绰号代替了。垮天大伯“义犬深山护主”侧重点当然是老黄，这样才离奇，吸引听众，不曾想“泰公悬崖救人”却把爷爷扯了进去，爷爷因此更受人尊敬。

我拖着长长的芭蕉扇，远远看见奶奶伸着脖子在门口张望，接过芭蕉叶，还顺带问了问：“老黄没跟着来？”

照例，奶奶会把蒸好的糯米粑留几个放一边，然后包成两份，一份送给奶奶婆尝新，一份则送给向双全大叔母子俩当餐。

向双全大叔母子二人，住在简陋的茅棚内。这里的人管这种茅棚叫狗脖子棚：把两截木条交叉，用草绳绑住接头处，便成了一个能承受重物的叉，再将另一根稍长的木条，一头顶在地上，一头搁在刚才的叉上，得到一个稳定的三角形支架。把一些个树枝搭在架上，再去别人地里讨一点秸秆、稻草之类的东西覆盖在上面。这就是双全表叔的家。

茅草棚里，刚好只能打一个地铺，旁边用三块石头垒成的灶，搁着半边铁锅，里面有两只缺了口的粗碗，“床”头上挂着他母亲乞讨用的饭篓。

双全叔靠在村里帮闲维持生计。他的常年活路是替田老爷家挑水。遇到谁家红白喜事他便去做那些粗活、脏活，混口饭吃。

遇着善良人家，还会让他带一点残汤剩水“孝敬”母亲。

1948年，此地大旱，村里人凑钱请巫师求雨。双全叔扮成狗模样走在前面，一群人敲锣打鼓走在他后面，那巫师头戴金冠，身披大红法衣，臂挽司刀，手持牛角在后面跳法。全村人家家门前供奉香案，户户备有潲水，只等“狗”的到来。每经一户，法师念念有词将符贴在门楣上，主人则将脏水向“狗”泼去。这叫泼狗求雨。双全叔经受着一切，目的只为混口饭吃。结果，雨没求来，倒是感冒发烧了好几天，还多了个“双全狗娘”的雅号。大军过道后，接着便是剿匪反霸，眼看着好日子就要来到了，双全叔却离开了这个辛酸的世界。不久，他母亲也病故，到底母子俩都没有等到好日子，真替她们感到遗憾和难过。

据说，双全叔的母亲咽气时，手里还紧紧地捏着我奶奶先夜送去的发糕和石灰粑。

发糕

山里叫发粑，由荞、麦、玉米、大米磨成粉，调成浆发酵而成。大米做的发糕，是把发酵的浆倒进小碗内蒸，成品带碗的形状，又叫碗儿糕。奶奶做出的碗儿糕带甜味，又膨得好，松松软软，特别受欢迎。

石灰粑

将老玉米粒加石灰掺水在锅里煮三炷香（45分钟）工夫，焖两炷香（半小时），捞起，到溪流里搓、揉、淘洗，让玉米粒的外皮全部脱落，并让外皮随水冲走，剩下那黄灿灿、白生生的肉质部分，待用。母亲从夹子湾淘洗好原料回来时，奶奶早已把磨房收拾好了。我们家吊脚楼下，除有舂米舂粑的石碓外，还有两副石磨，一副架在大桶上，使用时，一手握着套有竹筒的柄便毫不费力地让磨转起来，另一只手则向磨孔里灌原料。“轰轰”几下，那磨的边缘便出来粉末了。这叫手磨。另一副磨又大又沉，搁在四脚木架上。推磨的工具是一个丁字形的钩，山里人叫它磨钩。丁字的一横，供人把握，一尺多长；丁字的那一竖则四尺多长，钩顶端有一小圆柱，它能插进磨柄上的小圆孔。使用时，将一根长棕绳穿过楼枕，绳的两端套在磨钩丁字横的两头。人把着它，将钩端插进磨柄的孔内，两手轻轻一推，笨重的石磨旋了起来，这叫钩子磨，又叫架子磨。虽笨重，但由于力臂长，方便省力。

推钩子磨是个技术。母亲常把舂碓推磨叫勤碓懒磨，意思是说，舂碓时脚步频率要快，效率才高；推磨则不能急，让它慢慢旋转，磨出的粉才细。

做石灰粑，用的是钩子磨来磨浆。

只见母亲端着原料进了楼，奶奶将一个大簸箕接在石磨下方的架子上，母亲从壁上取下磨钩，右手拿着长柄勺，灌了半勺原料进磨孔，双手握住磨钩柄，脚一前一后微微叉开，身子朝前轻轻一扑，那磨钩推动磨柄便转到了左手位置，再身子往后一翻，那磨柄又轻松地转到了右手位置。这一推一拉，那石磨便不停地“隆隆”地旋转起来。

别的人推磨一般要两个人：一个人专门负责推，一个人专门站在旁边负责灌料。

母亲却只要一个人。她是当把磨柄从右推到左时，用力拉，借着惯性达到右边时，趁势舀一勺原料快速倒进磨孔的同时，双手一推便到左边。在这一灌、一推、一拉中，磨不停地转，磨边缘挤出金黄的玉米浆来，一块一块地掉到架子下的簸箕里，这便是做石灰粑的原料。

奶奶看这里差不多了，就去灶房清洗蒸箄，准备馅料。

这里要多说一句，石灰粑的浆不能太稀，要以捏得成团为最佳，所以原料淘洗后要沥干不带水。

奶奶在大锅内注水，搁上竹箄，铺上芭蕉叶。

取一坨原料放在掌心成窝状，放进馅，合好紧口，团一下，用油桐叶包好，一个一个码在竹箄上，盖上锅盖，围好，大火蒸40分钟。

石灰粑，手工磨浆，质地细腻，劲道；加了石灰，香味浓郁，还能补钙，上上健康食品，特别值得推崇。

石灰粑的馅，多种多样，特别出味的是“酸豆角”馅，又开胃又好吃，还耐储存。

在中国长期自给自足的农耕社会生活的奶奶，不仅为土家人饮食文化的发展尽过力，在纺织方面同样也有继承发展。

家织布，是土家人服饰的主要布料；毕兹卡，是土家人的织锦。

织布，先要纺棉。棉花种出来后，到了秋天，经过采摘、翻晒、去籽、弹花、搓棉条等多道工序才进入纺棉阶段。

纺车由车座、车轮、车把、车耳、锭子、车珠、弓线等组成。我家老屋有多长历史，我家的纺车就有多大年纪。奶奶用的纺车是一架历经数百年，流传几代人的老古董，那锭子油光闪亮，那车珠黑里透红跟宝石一般，不同寻常，常年摆在火坑边。火坑里支着生铁浇铸的大三脚，上面架着鼎罐，客人来时，换成大铜壶烧糊米茶。

奶奶一有空，就去纺棉。她先调试好锭珠、弓线，再转几圈空车，等到运转正常后，左手将棉条轻轻沾锭尖上，右手两指带着车把，拉着棉条斜斜上提，那棉条就变出了细细的线。

这时奶奶停了手，把竹笋壳卷成的小筒套在锭子上，把刚才的线头缠在笋壳筒上，打一个倒车，纱线就自动缠在竹笋壳筒上。再接着右手握车把，左手的拇指、食指轻轻捏住棉条头，斜斜向上提，当线长达到一定长度时，左手小指带着纱，右手一个倒车，刚才的纱线就又自动缠在竹壳筒上。

“天上雷声响，地下萝卜长”，这则谜语，形象地揭示了纺纱的过程。

随着“嗡嗡嗡……”的声响，絮子慢慢变大，像个大白萝卜似的，奶奶便停了车，轻轻地连竹壳筒和纱一齐从锭子上退下来，再接着纺第二个、第三个，一直纺到够织一机布。

为了赶时间，奶奶不仅白天纺，晚上也纺。

吃罢晚饭，奶奶就将老台灯挪过去。

说起这老灯台，也跟咱们家老屋一样古老。它的下方是一个很沉的硬木座子，起稳定作用，上面布满了桐油垢，黑得像锅底似的。灯座上隼铆着一根硬木灯柱，灯柱上铆了一块木板，木板上挖了一凹处，用来搁灯碗。灯碗是金属的、浅浅的，边上还有一个柄，方便拿取。灯碗内注满桐油，泡三根灯草。这就是当时最时髦的“台灯”。一般人家只点松油。

点上灯，家里人都围过来谈天说地，讲外面的新闻，奶奶则低着头专注地摇着纺车，跟没人在旁一样。如果有婴儿要哄，奶奶就会把摇篮挪过去，一只手把纺车，一只手捏棉条，左脚伸过去踏摇篮，口里还哼哼：“大月亮，小月亮，哥哥院里做篾匠，嫂嫂月下纳鞋底，妈妈磨房舂糯米……”一边哄，一边纺，手脚并用，相当协调，简直是特技表演。

那孩子如果还没入睡，发出那咿咿呀呀的抗议声，奶奶会继续哼哼：“哪家伢儿快莫哭，转过拐拐就到屋，锅里煮有白米饭，鼎罐炖有坨坨肉。”说来也怪，那襁褓里的孩子也懂得馋嘴，听说有好吃好喝的，也就一会儿睡着了。

最难忘的是夏天的月夜，凉风习习，天上繁星点点，空中荧光闪闪。奶奶把纺车搬到老屋外的石板院内，一边手摇纺车，一边给我讲故事。《狼外婆》《牛郎织女》《张果老》便是从奶奶那儿听来的。

有时，还会拿着奶奶的大蒲扇去捕捉萤火虫：口里还念着：

亮火爬爬，
来我门口吃油炸。
上天去，
雷打你。
快下来，
我救你。
借你牛，
犁大丘。
借你马，
下扬州。

我们这里把萤火虫叫“亮火爬爬”，也有叫它“黄妈妈”的，因为母亲姓王，这里黄王读音不分，如果叫黄妈妈犯了母亲的忌，所以尽管别的孩子把萤火虫叫黄妈妈，我是一直叫它亮火爬爬。

奶奶就是这样，从秋到冬，从春到夏的纺呀纺。棉纺好后，便进入第二道工序：倒线。

倒线有两样工具：线拐子、线轴子。

线拐子，由青竹片经火烘烤后，按一定尺寸弯成的两个顶角相对的等腰三角形，但有一端底边是活动的。

线轴子，同地球仪的支架有点相似。下面的把可用手握，中心的轴能卸下。

工作时，将纺好的絮子，顺着竹壳筒的眼穿进线轴，左手握住轴把，食指轻轻挨着絮子，掌控旋转速度，找出纱头拉到右手的拐子上，右手腕轻轻地转来转去，那絮子上的线就乖乖地倒在了拐子上。

倒完一个絮子后，用线头把拐子上的纱理好，缠成一把打个活结，把拐子活动端一松，一把线就挽好了。

第三道工序叫浆纱。

浆纱就是上浆，让纱线不发毛，不粘连，光滑顺直。一般来说，都用粮食浆纱。山里人家粮食紧缺，奶奶都是从山上将麻栗子采回来，晒干，用石磨把它磨成粉、过筛，把麻栗子粉煮成糊，将洗过纱线放入上浆。将上了浆的纱，一把一把穿在竹篙上，边晒边抖掉上面的粉粒。晒干后就成了光滑滑、熨帖帖的纱线了。

第四道工序：倒筒。

工具有：纺车、倒筒车、竹筒、竹轴。

倒筒车：由筒座与小竹轮组成，竹轮的大小（圆周）与纱线的圆周大小一致，即把线打开刚好能套在车轮上。

倒筒轴：由两段竹制品制成，一段用来代替锭子，另一片用来穿纱筒。

竹筒：选用的一尺二寸长内空竹节。

工作时，将浆好晒干的纱套在倒筒车竹轮上，解开活结，理出纱头。

纺车摆右手边，取掉金属锭子，用竹锭代替，竹筒套在筒轴上，大腿压住轴的另一端，手握纺车，左手将线头拉过来，缠住竹筒，纺车带动竹锭，竹锭带动竹筒，竹筒的线拉动筒车，就“哗哗哗”的响起来，古诗“簌簌落地是枣花，村前村后响缫车”便形象地描述出这倒筒的欢快场面。

一会儿工夫，原来套在左边车轮上的线便都缠在竹筒上，成了一个个像萝卜似的纱筒了。注意，每个纱筒上的线要基本一致，牵布时才节省时间，大小不匀，老要接线头，布面不平顺。

第五道工序：牵布。

牵布，就是布经线，这道工序要用到竹桩、高桩、矮桩、竹筘、织机上的羊角轴。

操作时，千万保持头脑清醒，不能出一丝差错。

牵布要选好天气。

奶奶先是在院里目测好距离，夯好高桩，布好矮桩，上好纱筒，理出纱头，捏成一把。随着脚步移动，那些纱筒便哗啦啦旋转开来，线越拉越长，到达第一个矮桩边，扎紧纱头，回到高桩边，扎一股纱头，这样就得到了第一股经线。这样反复来来去去，一趟一趟，老半天才组成一机布的经线，非常辛苦，是记忆力的考验，也是意志的较量。所以民间把工作忙碌比喻成牵布，确实很形象。

牵布完成后，要及时把它装上羊角轴，否则谁一碰着，断了线，乱了头，便前功尽弃，要理清头绪费神得很。

上机后，要穿筘。筘，竹制品，用上等老竹，选青篾削成

/ 卖纺织品的婆婆

/ 茶峒炸灯笼盏

/ 长辈们用的织布机

针状垂直排列在两块竹片间，针与针之间必须做到等距离平行，针两端紧紧绑在篾片上。布的质量完全取决于它，来不得半点马虎。民间常说“丝丝入筘”，就是这个意思。

穿筘前，要仔细计算，才能把经线刚好安在筘的中央部位，不能偏。比如说，这门筘是450，你现在只牵300的经线，那么经过计算（450-300=150；150÷2=75），你穿筘的时候就要两边各留75个空位，那么就要从左边数起的第76格开始穿，穿完经线后，右边也就有75个空格。

当然，今天懂算术的人并不难，想想这些几十年前的老人们，一没学算术，二不懂洋码学（阿拉伯数字），先是一格一格数了一遍又一遍，才知道这门筘的总格数，然后又一遍一遍比划，怎样才能保证两端空格相等，是多么不容易。但是她们却做到了丝丝入筘，攻下了这个堡垒，还有创新，不愧为伟大女性，伟大母亲。

穿筘时，有专门穿筘针，把经线一根一根按序引进来。

第六道工序：检纵。

顾名思义，检纵就是在推板后面，做两道线隔，防止织布过程中经线打搅。织平布，要检两匹纵，织罗布卡要检四匹纵。

检纵也是特别细致的工序，出了差错，经线就会老打缠。

第七道工序：倒纬线絮。

倒纬线，也叫倒梭线。纺车的锭上装上絮壳，把倒车的线头拉过来缠在絮壳上，一摇纱车，嗡嗡几下就成一个小絮子。关键是大小要合适，穿在织梭内能活动，太大过不了梭。

一切就绪，奶奶坐板上一坐，戴上老花镜，把絮线穿进织梭，双脚各踏一只踏板。

左脚一踏，那织机“叽”的一声，织梭顺着筘前张开的经线口飞快穿过，左手接住，右手一拉挡板，“嗒”的一声，便把刚才的纬线压紧，接着右脚一踏，那左手里的织梭又顺着筘前的开口飞快传到右手，左手一拉挡板就把纬线压紧。这样左一“咣”，右一“咣”，慢慢地织机上就有了布的雏形，“砸砸千声”不盈尺，写出了这道工序的艰辛。

山里人家妇女，大都能织家机布，而能织罗布卡的人却很少，方圆几十里就奶奶一人。因为织罗布卡要求织机上有四个拉手，下有四个踏板，要检四匹纵，才织得出斜纹和花样。

土家人把罗布卡叫毕叽卡，与织平布大致相同。不同的是要检四匹纵，多几张踏板，再有就是要制作红、绿、黄、青、蓝等各种颜色的彩色纱线做纬线。

奶奶织毕叽卡，主要是织汗巾、浴巾、洗脸巾，也织被面。她的毕叽卡图案完全是心中所出，不要绘图，不要草稿。变化多端的图案，栩栩如生的飞禽走兽，看了无不令人啧啧称赞。

奶奶还能用线在两个膝盖头上牵来引去布成经线，再用那又光又亮的牛骨头织刀当挡板，把各种彩线作纬线，绕来绕去，编织花带，那简直就是艺术杰作。

随着岁月的流逝，奶奶一年比一年衰老，头发全白，牙也掉得差不多了。她的织布手艺自然而然地被母亲继承下来。

四

母亲

母亲的娘家在边城南门外，十八岁嫁到泰家。

说起母亲，有一段传闻

父亲泰衡，十四岁才发蒙上学，读了半年，刚识几个字就辍学，改学医，既能学到医术，又能混上饭吃。

十七岁那年，媒婆杨金花来撺说：南门外王家有位姑娘心灵手巧，怎么怎么的，说得奶奶动了心，准备安媒提亲。

父亲则多了个心眼：这杨媒婆自己的两个儿子都过了谈婚论嫁的年龄却在打光棍，为什么不去关心，却老是盯着咱泰家。想起她骗胡老罗的事，心里直犯嘀咕。

五年前，杨媒婆替老光棍胡老洛保媒，上胡家吃安媒饭，进屋开口就说：“你们家可要想好，这姑娘瞎了只眼。”胡老罗想，瞎一只就瞎一只吧，另一只总会是好的吧。于是随口应道：“不打紧，只要能舂碓推磨，做饭就行。”杨媒婆说得天花乱坠：“舂碓推磨趴着来，捞茶煮饭摸着来，反正饿不着你。”

吃罢饭出门，又说：“这姑娘瞎了只眼。”胡老罗听了一遍，并不在意，淡淡地说：“没事没事，我一个老光棍，穷光蛋，别人不嫌弃我就阿弥陀佛了。”

这事就定下来了。于是安媒人，办彩礼。谁知过门才知道，女方竟是个双摸天，胡老罗心里说不出的苦。

村上人都骂杨媒婆，骗千骗万骗同村人。你道她怎么说：“你们去问胡老罗，进屋是不是说瞎一只，出门是不是说瞎一只，瞎两只全告诉他了。好事给办成了，还倒打一耙。”说得众人哭笑不得。从此，请她做媒的便少了许多。

父亲不放心，也有一定道理。

为了摆脱杨媒婆的纠缠，当奶奶征求父亲意见时，他便提出先看人后提亲的条件，在当时这是个相当苛刻的条件，谁家黄花闺女让陌生小伙子瞧看呢？谁知杨媒婆眼珠一转，一口应承下来。

第二天吃过早饭，早已日上三竿，杨媒婆仍磨磨蹭蹭，接近中午才出门。

那时，湘川公路才成毛坯，路基不平，加上又是初夏，走得人满身是汗。

走到王家院门外，杨金花如此这般做了交代。她理了理发髻，这才循着传来织机响声的方向走去。

门虚掩着，一位姑娘在织机上忙着。

姑娘见有人来，连忙下机问有何事，杨媒婆见姑娘下机问话，顺手将门推开，姑娘整个身影就暴露在外面坎下的小伙子眼前：中等个头，宽门圆脸，眉清目秀。一侧身，后背上还现出辫子上的红头绳。

“姑娘，走热了，讨口凉茶。”杨媒婆说。

“你进来坐吧。”姑娘热情招呼。

趁姑娘转身倒茶的当儿，杨媒婆转过头来，发现小伙子举起了右手，这是表示：看清了。如果举反手，这是表示没看清，还得以讨水喝为由，走近了再看。

杨媒婆接过姑娘递过来的凉茶，一饮而尽，心里别提多高兴，说了声“多谢”，牵着小伙子就往回赶，一路唠叨：“这下没说的了吧。”

就这样，经过请媒、提亲、过门、装箱订婚等程序，姑娘小伙终于在民国三十二年完婚。

爷爷奶奶自然备了猪头、红包、衣料、鞋袜等大礼谢媒。杨媒婆的生意自然又渐渐火起来。

洞房花烛之夜，小伙子把杨媒婆设计的相亲的事毫无保留地告诉了姑娘，乐得姑娘心里美滋滋的，可嘴上却连说了几个“讨厌”。

母亲十八岁来到泰家，把她的勤劳、善良、智慧都带进了泰家，成了边城泰家第五代内当家。

就说织布吧，母亲把当时的先进飞梭织布带进老屋，大大减轻了劳动强度，提高了工作效率。奶奶看了母亲的飞梭机，便主动把那用了几辈人的老织机请上了阁楼，专门挪出地方供母亲用。

母亲深受感动，把织下的第一机苗家花格床单孝敬奶奶，奶奶舍不得，一直珍藏着。

母亲还把豆腐制作工艺带进这个家庭。

米豆腐

大米或玉米浸泡后，磨成浆，放在锅里边煮边搅拌，待其成糊状后，用石灰水作凝固剂，边淋边继续搅拌焖十分钟，盛入器皿，让其冷却凝固，将凝固后的米豆腐用线将其割成丁或细块，浸泡冷却水中备用。

凉吃：将划好的米豆腐丁捞出盛碗中，加糖加醋，消暑解渴。

热吃：将划好的米豆腐丁装入漏勺，在沸水过一下，盛入碗中，拌佐料，加臊子，吃起来味更浓。

臊子多种多样，肉末、肉丝、三鲜、酸豆角、酸辣椒等，如果再配以鸡汤，味更浓。

佐料：小葱、姜末、胡椒粉、酱油、醋、芥末。

魔芋豆腐

魔芋去泥沙，洗净，切成小可粒状，石磨磨成浆。磨浆时，容易卡喉，推不动，母亲会把一点大米灌进去，便解决了这个难题。

把磨好的浆放锅里边煮边搅拌，成糊状后，石灰水慢慢淋下，继续搅拌。石灰水要放得合适，放少了，达不到量，起不到凝固作用；放多了，涩口，吃不得。所以要慢慢淋下去，并不时用舌头试一下。待其凝固后，划成大块放容器备用。

魔芋豆腐制成后，食法多样。

魔芋豆腐小吃

魔芋豆腐切成条或片，放锅里煮，越煮越硬扎，越煮越劲道，印证了那句“豆腐经得千把火”。

调料：麻油、姜末、葱花、蒜泥、油辣椒粉、酱油、味精、鸡精、胡椒粉、盐。

将锅里的魔芋豆腐用漏勺捞起，放盘内，拌上调料即可食用，风味独特。

魔芋豆腐鸭肉火锅

将鸭洗净切块，沸水焯，大火爆炒，加姜片、酱油、辣椒焖，加水煮一小时，下魔芋豆腐片，开锅后下其他火锅菜，香气扑鼻，特别入味。

豆制品

黄豆营养丰富，可制多种食品。母亲用黄豆不仅做豆腐，也做豆酱，现选几样介绍如下。

黄豆麦面甜酱

黄豆麦面甜酱，又叫晒酱。将黄豆煮熟烂，拌面粉再煮，冷却后切块，置竹器中，裹上保温材料，让其自然发酵生酶。在凉开水里加适量食盐、花椒粉、紫苏，再把发了酵的豆面块倒进去，放烈日下暴晒，上罩纱罩，防蚊蝇。

每天清晨搅拌一次，其他时间不可搅动，因为有热气的酱被搅动会变酸。这期间，还要注意不让雨淋。

经过七七四十九天露晒，原来的酱块变成了色泽光亮、香气四溢的糊状物，豆面甜酱便制成了，将它储存在密闭的器皿中，经年不坏。

豆面甜酱是山里人炒菜的主要佐料，一般用来炒肉、焖冬瓜。炒出来的菜，色彩亮丽、咸淡适中、香中带甜、味道独特。

豆豉

将黄豆煮熟，放在器皿内自然发酵，夏日三天，冬日七天。便可闻到豆豉香，即可备用。

将这种发了酵的豆豉放在簸箕内摊开，风干或晒干，便成了干豆豉，香气更浓郁，装入器皿储藏，经年不变质，随要随用。

如果在煮黄豆时，水放多了，黄豆煮熟后仍有多余的汤水，这不要紧，把这汤水盛起来，留在那儿，用这汤水泡发了酵的原料，加食盐、姜片、鲜红椒丁，搅拌后，封紧，十日后便可食用。这就是泡水豆豉，不仅色彩鲜艳，且味道特别，尤其是那汤汁，味道更是鲜美。不过水豆豉不耐储存，开坛后要抓紧在短时间吃完，吃不完的要搁在冰箱冷藏。

豆腐乳

豆腐乳，山里人把它叫霉豆腐。将豆腐切成小块，放沸水里煮15分钟，让它缩水变硬。

将豆腐小心捞出，放凉，一块一块小心铺在干净的稻草上，一层不够用，可再加一层稻草，让其自然发酵，三五天后，打开覆盖物，原来的豆腐块全身长满了毛，有豆豉香味，说明发酵成功。

准备一个陶器、食盐、辣椒粉，将长了毛的豆腐块一块一块夹起来，铺在器皿中，洒适量盐，再洒适量辣椒粉。再铺一层豆腐，再洒一层盐和辣椒粉。这样铺一层，洒一层，一层一层叠起来，封好，腌三天，让佐料渍透，加凉开水泡或白酒泡。

凉开水泡的霉豆腐，短时间内便可食用，但不耐储存。白酒浸泡的霉豆腐耐储存，但要等酒醒（没有酒味）才能食用。

四川秀山的霉豆腐是出了名的产品。母亲娘家与秀山洪安仅一河之隔。母亲的表姐家就住对岸。母亲一天要去对河几趟，于是便学到了这门制作技术。

制作霉豆腐，要先制作白豆腐。母亲制作的白豆腐，数一数二，揽了好些豆腐客的生意。

母亲制作豆腐，先要精选黄豆，每天晚饭后，便将黄豆浸泡。睡一觉醒来，黄豆则刚好达到浸泡标准，于是便用架子磨浆。磨的技术有讲究：磨的转速要慢，料在磨里停留时间长，浆才细；进料要少，浆才匀；浆的稀稠要适度。

磨完后，进入制作工序。

材料准备：把石膏煅烧好，研成末，加水稀释，这就是凝固剂。

工具准备：浆桶、摇架、过滤布、包布、豆腐箱。

制作：

将摇架搭好，把过滤布在沸水中过一下，系在摇架四个顶点上过滤布便成了大锅状的口袋。口袋下面接一大缸，盛过滤后的浆水。

磨好的生浆装入浆桶中，掺两瓢沸水，趁势搅拌，掺沸水的目的，是让浆水过滤畅通。

把浆倒进滤布，顺手把着摇架，摇呀摇，浆水顺着滤布流进接浆缸。边添、边摇、边流，最后留在滤布里的便是渣，是肥猪催膘的上等饲料。豆渣煮白菜，豆渣煮青菜，也是绿色食品。

把过滤后的浆水倒进大锅内烧开。注意烧浆时要防止糊锅，开浆的刹那，豆浆会轰的一下溢出。

母亲解决这两个问题的办法是：灶台上先准备一碗冷水，万一浆溢出，马上把冷水泼下去，浆峰头就回下去了。还准备了一大木棍，不时搅动，有时要沿着锅底搅动，就不会糊锅了。糊了锅，做出来的豆腐有烧焦味，影响质量。

开浆后，马上将它舀进浆桶，等它稍微降温后，母亲左手端着石膏液，右手拿一把小勺，慢慢将石膏液淋下，边淋边用勺轻轻划动浆水，这叫拌浆。

拌浆能有效控制凝固剂的用量，保证凝固剂恰到好处，这样豆腐质量才有保障。

把凝固剂一次倒入，叫冲浆。冲浆的缺点，容易让凝固剂过量，豆腐质地不嫩。

母亲采用的是拌浆，做出的豆腐又白又嫩，还有韧性。

浆拌好后，用盖盖好，这叫养浆。养浆的目的是让凝固剂充分溶解化合，达到最佳凝固状态。

20分钟后，揭开盖，热气腾腾，用一只竹筷插下去，那筷子稳稳地直立在成品上，豆浆已凝成豆腐脑。

摆开豆腐箱，垫上包布，四角拉出来，把豆腐脑一瓢装进去再把包布的四角对连起来，上面加压板，压板上再搁重物，把水分榨干，豆腐就制成了。这种豆腐叫嫩豆腐。

用手帕大小的包布，包出来的豆腐块叫豆腐干。把这种豆腐干上色上卤，叫香干。把白豆腐熏干或烘干，则叫熏豆腐或炕豆腐。把豆腐过油炸，便成了外部金黄、内部白色蜂窝状，则叫油炸豆腐，是火锅的必选菜。如果把白豆腐拌上猪血和其他佐料，还可以制作出土家独具特色的血豆腐。

杀年猪的前一天，母亲就提早把豆腐做出来。杀猪时，趁猪血还冒热气，就将猪血与白豆腐拌和在一起揉碎，加适量食盐、花椒粉再揉拌，待几种原料充分混合后，团成团子，熏干或烘干，泡在水里备用。

腊肉炒血豆腐

腊肉炒血豆腐是正月里待客的主菜。

原料：肥瘦各半腊肉，洗净，煮熟；血豆腐洗净，煮透。

配料：蒜苗、干红辣椒。

制作：腊肉切片，血豆腐去掉表层熏后的黑皮后切成片，辣椒切段，蒜苗切段。在铁锅内放一点油，腊肉翻炒，出油后，加辣椒段放血豆腐片翻炒，放蒜苗，起锅装盘。

特点：色彩艳丽，油而不腻，喜庆气氛特浓。

酿豆腐

酿豆腐是土家人待客的另一道特色菜。

原料：白豆腐干、肉末、鲜蘑菇。

佐料：姜、葱花、蛋清、酱油、香油、芡粉、胡椒粉、味精。

工序：鲜菇、肉末再剁成泥，加姜末、芡粉、葱花、胡椒粉、酱油、香油、味精调匀。

将豆腐按对角线切开，变成两个全等三角形。

在刚划开的切口上，慢慢将它变成两片相连的三角形，把肉馅小心送进去，在口子上抹一点蛋清封口，不让馅掉出来。

把灌好馅的三角形豆腐块在煎锅里煎二面黄。这是件细致工夫——既要二面金黄，又不能翻烂，还要保证中间的馅熟透。

铁锅加油，下葱段，放姜丝，加鸡汤，把刚才煎好的豆腐块下锅，轻轻翻动，熟透。洒味精、胡椒粉，喜欢辣味的还可放一点红油辣椒，淋麻油，起锅装盘。

特点：荤中带素，味道淡中显浓，特别鲜美。

山里人遇红白喜事，主菜除了猪羊肉便是豆腐。做豆腐少不了母亲，掌勺少不了爷爷。山里人还把夫妇健在、儿孙满堂叫全福。圆亲婆子就要选全福的人，自然，奶奶便是首选。凡遇接亲嫁女，我们家便全体出动。可见，泰家在村里的分量。这便是爷爷奶奶的骄傲。

母亲的骄傲则是去中心完小当工友。

老师们都知道母亲能干，会做各种好吃的食品。

雨水节刚过，南方热得早，那当阳的地方就有香蒿长出。凤凰籍的陈老师就用激将法：大姐，什么时候露一下“社饭”的手艺？

母亲便着手准备。

材料：香蒿、糯米、大米、腊肉、鲜肉、葱苗、胡葱。

这天，母亲还特地拾了地木耳洗净，准备当下饭菜。

一大早，把香蒿洗净剁碎，榨干水分，在铁锅上烘，待用。腊肉和鲜肉分别煮熟切丁。铁锅小火，将肉丁倒入翻炒，放烘好的香蒿末，拌匀备用。

大火将水烧沸，放入大米，煮开后，放入糯米，搅拌，铁铲操底翻搅，防止糊锅。

榨去多余米汤，将肉丁蒿菜、蒜苗、胡葱段一股脑儿加入搅拌均匀，堆成圆锥状，用筷插几个气孔，再淋点熟油，盖上锅盖，围紧围盖帕，立即改小火，慢慢焖40分钟。

另一只锅，将洗净的地木耳爆炒，将刚才煮鲜肉的汤掺进去，用玉米酸辣菜勾芡、放盐、放葱段、起锅。

这道菜，就地取材，山里的地木耳到处都是，质地比木耳还好。用玉米酸辣菜勾芡，使其更加滑、软。辣中带酸，再配以胡葱，更觉香气扑鼻，既健康又营养。自旅游业发展以来，现在竟成了外来游人的首选菜。此是后话。

开饭时间到了，整个食堂喷喷香。

周校长诗意大发，随口成了一对：

王姐厨艺强

食堂饭菜香

这时，母亲正揭锅盖，浓香满屋，大家见是社饭，高兴得不得了。陈老师见校长联对，不甘示弱，也吟了两句：

黄山归来不看岳
除了社饭无美食

陈老师刚念完，欧老师正好进来。大家冲他道：“欧老师也来两句吧。”

欧老师是语文组长，上过私塾，从小联对，见大家抬举他，脱口而出：

都道深山多美食
今日方遇神仙餐

众人连忙捧场：有诗味，有诗味。

据说，这些诗句，经过整理，刊在当地《教育简报》上。

大家吃着社饭，就着那独具一格的玉米酸辣地木耳菜，比过年还开心，母亲这时又把那油渍渍、金灿灿、酥松松、脆蓬蓬的社饭锅巴递了上来，大家无不啧啧称赞。香气满屋，笑声满屋。这一天，是母亲最开心的一天。

从这天起，母亲便变着法子为老师们改善伙食。什么发糕蒿菜粑、米虾、荞麦面、甜酒汤圆，老师们想吃什么，她就做什么。

左老师把母亲拉到一边说：猪肉能做扣肉，不知羊肉能不能做。

母亲说：试试吧。

母亲托人买了几斤水羊脯。

她将羊脯刮洗干净，放在锅里煮，并加上一把绿豆去膻气。煮好后，捞起，用醪糟抹面放在油锅里炸。

按猪肉扣的做法，将切好的梳子状的肉块皮面朝下，放进碗内，铺上盐菜、姜片、酸辣玉米，上甑蒸40分钟。

开饭的时候，香菜铺底，把扣肉一碗一碗倒扣在盘内，一人一份，揭开碗，扑鼻香，大家吃得津津有味。只有母亲和左老师心里有数：这是羊肉扣。于是母亲便得了一条经验，绿豆可以除羊骚。

母亲做红烧肉与别人不同，用糖卤。

猪肉刮洗干净，用清水煮，捞起，切成小方块，叫坨子肉。

铁锅里擦干净，放一点油，加糖，慢慢小火炒，当糖开始变色变稠后，加水一碗，即得糖卤。

炒糖卤专业得很，炒嫩了，上不起色；炒过了有焦煳味。

将坨子肉下锅，加姜片、辣椒段、盐，浇上糖卤，轻轻翻动，烧开，焖十分钟。

这道菜使用糖卤，色泽亮丽，皮软肉嫩，油而不腻，佐以姜片、椒段，更是别有风味。最近，看了一篇回忆毛主席的文章，说毛主席小时候看到制酱油的过程中，有鸡在啄豆豉中的蛆，所以成人后，见了酱油就恶心。他的厨师知道这事后，便一直坚持用糖卤给毛主席做红烧肉。

母亲和这位厨师做法竟如此相似。

母亲做的红薯粉条也是老师们喜欢的食品。

将红薯洗净，乱刀剁碎，用碓舂成泥（现在有专门打浆机）将浆倒入浆桶渗水搅拌、过滤、沉淀后，把表面水倒掉，留下来的便是薯浆。

大锅烧水，水沸腾后，将薯浆一小勺倒入白铁片做成的长方形小浅盘内，端着它上下左右移动，让浆均匀分布在盘底，置入沸水中，不一会儿，薯浆在高温下，由白变绿，立即取出，用篾片四周划一下，再用篾片轻轻一挑，一张晶莹透亮的薯浆片便成形了。这样一张接着一张，把它们放到竹篱上晾晒，晒干后，将它们切成长条，扎成一把一把待用，这便是红薯粉条了。

红薯粉条的吃法与面条大致相同，只不过先要把它泡软。如果做红薯粉条火锅则更具土家人风味。

酸汤打底，加盐、少许味精、花椒粉。将泡软的红薯粉条盛盘。猪腿肉、羊腿肉刨片后，盛盘。油炸豆腐手撕成两半，油炸辣椒粉、蒜泥装小碟内。

料汤烧开后，根据个人需要，一样样下锅，边涮边吃，边吃边涮，热腾腾、香喷喷、火辣辣、滑溜溜，如果再小酌一杯，那更是天上人间，难分难辨。

日子过得飞快。

1960年，全民进入了困难时期。居民粮食定量大大减少，还得配红薯杂粮。为保证老师们吃好，母亲巧妙安排：搭配的黄豆用来做菜豆腐，搭配的红薯用来做红薯发粑。

菜豆腐

菜豆腐制作特别简单。先将黄豆浸泡，用石磨细细磨浆，浆烧开后，将切碎的青菜或白菜放进去煮15分钟，边煮边轻轻搅拌，防止生底糊锅，这时，可用酸汤、醋、食盐、石膏中任何一样做凝固剂，熄火焖15分钟。

打开锅盖，将胡葱段加上去，扑鼻喷香，用勺一翻，那豆浆与菜叶紧紧地凝在一起像蛋羹一样，泼一勺油辣椒，又耐看，又哄口还营养，不愧为农家美食。

如果有条件，把豆浆过滤后再按上法制出的食品，山里人叫滤渣菜豆腐，待凝固后，用篾制饭篓盖压在菜豆腐上，把多余的汤水滗出来下面的菜豆腐被压得紧紧的，跟肉饼似的，很劲道，加入胡葱段，泼一勺油辣椒，味道美得无法形容。

红薯发粑

大米用石磨磨成粉，红薯洗净去皮蒸熟。将煮熟的红薯捣成泥，拌大米粉，使劲揉、和，让两样原料均匀结合，干稀以能捏成团为准。

将拌好的原料，装入器皿，用手稍稍压紧，盖好，常温下让其自然发酵。

大约三个对时，原料表面有裂纹且带酸香味，证明发酵成功，否则再等一天。

大锅注水，搁篾搭甑，铺桐叶或者芭蕉叶，把发了酵的原料团成团，一个个放在上面，注意留空隙，因为面团要发胀，加锅盖，围紧围锅帕，大火蒸40分钟。打开锅，热气腾腾，香气四溢。

这时，母亲会在灶台上码上小蝶、大碗，老师们就餐来了，她便把两个热腾腾的红薯发粑夹进小蝶，再把两勺菜豆腐舀到大碗里递到每一位老师手中，老师们便开心地享受着大山深处的农家早餐。

母亲一直把学校当成家，只要是能为老师们吃饱吃好的事，她都尽力去做。

春天来了，她会把学校周边的空坪隙地利用起来，种瓜点豆，自己生产蔬菜。她的南瓜，不仅解决了老师们的主粮不足，也接济了村里不少饿饭人家。

南方的春天，万物复苏。

漫坡遍岭的油茶树上，挂满了“茶泡”。清明一过，那杜鹃就“规规阳、规规阳”地叫个不停，那“茶泡”便开始脱“皮”，

/ 红薯发粑

变成白生生的“鹅蛋”。这时，放牛伢儿就会把它采下来充饥，脆脆、甜甜。

为改善老师伙食，母亲会翻山越岭去油茶林采摘这刚成熟的“茶泡”、野笋、山蕨做成世上最美的山珍素菜，深受老师们欢迎。

凉拌山笋

将山里的鲜笋去壳后，放到开水里焯5分钟，捞出浸泡在凉水中，撕成面条状，拦腰一刀，装入大盆中备用。姜末、蒜末、葱末、辣椒粉、味精、香油、香醋拌入和匀，撒少许食盐，即成。特色：又鲜又嫩、笋味十足。

蕨菜煸炒

鲜蕨放沸水中焯5分钟，捞出立即浸泡入冷水中，使它保持嫩绿。

将焯过的蕨菜按顺纵的方向撕成细条状，继续浸泡半小时，捞出沥干水，切成约4厘米长的小截，放铁锅中，小火烘焙后待用。

热锅坐油，待油温升至五成热时，放干辣椒段、姜丝、蒜瓣片、野葱，最后放入烘焙好的蕨菜段，翻炒，撒少许盐、味精，出锅。特色：嫩绿、油亮，味道鲜美。地道绿色食品，十足的山珍美味。

煸炒“茶泡”

“茶泡”去蒂，滚水中焯5分钟，捞出后凉水中浸5分钟沥干，切成小条状，铁锅内烘焙备用。

热锅坐油，放入辣椒段、姜丝、蒜苗，加入烘好的“茶泡”翻炒，撒少许盐，翻炒，出锅。

油光光、香喷喷，尝一口，那“茶泡”软绵中带着劲道，越吃越出味。不知道的人，还以为是羊肠哩，真是地道山珍，

/ 今天的凤凰美食，思念母亲的味道

真正美味。

油炸溪蟹

老屋这一带，靠着南山从东到西有八条小溪流，他们是石牛溪、龙舟湾、大冲湾、大沟湾、小沟湾、夹子湾、沙子坝。这些溪沟中的小石块藏着许多小溪蟹。小时候，我就经常与塘顺哥、老嫩、吉生等小伙伴去摸蟹。先是准备几张油桐叶，做成漏斗状，用细木棒别好，便有了包装盒。然后下水，翻动小石块，顺手一摸，便把小蟹抓了起来，剥去它的外壳，它就不能动了，装入这漏斗状的包装盒内，一边放牛，一边摸蟹，一举两得。回到家里，母亲就给做油炸蟹，又酥又香，至今难忘。

制作油炸蟹很简单，我看见母亲先把蟹清洗一遍，沥干后备用。

面粉少许，调成糊状，将蟹上浆，放油锅里烹炸，呈金黄色后捞出。因蟹本身带咸味，不用再放盐。

凉拌香椿

香椿去蒂后，沸水中焯5分钟，捞出备用。

调料：辣椒粉、酱油、食盐、香油、白醋。

原料、调料拌匀，即可装盘食用。特色：香气扑鼻，开胃健脾。

凉拌鸡儿梗

鸡儿梗长在山里的溪岸边，田埂边随处可见。

把采集来的鸡儿梗顺手在溪边去叶去泥洗干净，拿回来沸水中焯5分钟，拌上辣椒粉、食油、香油、白醋等佐料，即可食用。

这道菜清凉、解渴，是夏季的首选绿色食品。

红糖葛粉

将葛粉两小勺、红糖适量置碗中拌匀，加一点凉开水调成糊状，加入沸水，边加边调，一碗晶莹透亮的葛粉立刻呈现在你面前。母亲像变戏法式的，常得到老师们的夸奖。略懂医道的陈老师还大肆宣传：这红糖葛粉清肺润喉退肾火，上上大补。

鲜菇炖鸡

山里的菇多种多样：松菇、茶菇、栗菇、牛肝菇、地木耳，只要进山就不会空手回，以乌色松菇最为珍贵。

原料：乌鲜菇、姜片、胡椒粉、食盐。

制作：鸡块沸水中焯5分钟，捞出沥干。陶罐中盛温水，将姜片、鸡块、鲜菇放入，先大火烧开改小火炖2小时，撒食盐、胡椒粉。这道菜原汁原味，香气扑鼻。

许多年后，当年的年轻人都变成了白发老太太、老爷爷，回首那段往事，无不感慨万千，深情地说："那段日子，多亏你母亲……"

"多亏你母亲"，只要回到老屋，但凡认识母亲的人，都会对我这么说。

"母亲是平凡的，但是又是最伟大的"，这句话听起来耳熟，但又不知是谁最先说出的。大概全世界的母亲都是这样吧。

中国人终于走出了三年困难时期。

暑假，母亲正准备出门，在派出所当所长的本家泰开，身着便装来到老屋。

按辈分，我得叫他哥。

这位本家兄长，从小没父母，只兄弟二人，弟弟叫泰宣。

抗美援朝战争开始后，泰开首先报名，保家卫国，开赴朝鲜。不久，不满十六岁的泰宣也吵着闹着入朝，不幸牺牲，长眠在异国他乡。我至今还清晰地记得这位单瘦单瘦的宣哥带我上山摘“茶泡”,下河捉螃蟹，水塘里捧泥鳅的情景。他还教我唱山歌：

那边伢儿莫扔岩
打死老子要你埋
后面要你当孝子
前头要你端灵牌

泰开于1953年归国，回到老屋，见了“光荣烈属”匾牌，放声大哭，责怪村里不该批准泰宣入朝。从此，他再不敢回老屋，他说，看见那匾就伤心。今天他不请自回，必定有了什么大事。

“娘，侄儿回来，求你老人家协助办个案子。”泰开开门见山。

“有话直说，只要娘能做到的，都答应。”母亲想都不想，也不问什么事，就爽快地应承了。

“娘，这可是件有危险、又机密的事情。”

“再危险也要给大侄子面子。什么事，你尽管说，娘照着办。”

原来，经济恢复时期，社会上不法人员趁机暗地勾结，非法贩毒，气焰嚣张，可是公安部门刚得消息，线索就断了，一直破不了案。县公安局又催得紧，急得这位所长哥哥直骂人。

本家嫂子姓高，与泰开同行，见他整天虎着脸生闷气，就说：“活人还让尿憋死，不能老吊一棵树上。破案得另想办法。”

泰开听这话，知道她有了新思路，想探出她的点子，就假装叹气：“哪还有什么法子？”

嫂子附在他耳边：“你就不能试着找个卧底！”

泰开听这话，又为难地说：“谁肯去冒这个险！你去？”

嫂子一蹦老高："我去？别人一看是所长老婆，还不早躲得远远的。"

"那么，谁合适呢？"泰开像自言自语。

"我倒有个人选，值得你们研究。"嫂子说。

"谁？"泰开迫不及待。

"满娘！"嫂子脱口而出。

泰开听了一拍大腿："对，怎么把老娘忘了！研究研究！"戴上警帽，高声喊："小舒，通知全所开会！"

嫂子提醒他："这是家里。"

会议上，泰开提出了这个思路。有的同志说："这思路想法都可以，但卧底人选得考虑。派你婶担这个角色，对方早就清楚这层关系，不等于告诉对方，我是来抓你的吗？"

嫂子在会上分析："对方已利令智昏。我们正好利用这层关系，大家不知道，因为泰宣牺牲的事，泰开与村里领导闹僵了，方圆几十里路的人，都知道泰开发誓不回村里了。当然对方也会利用我婶把水搅浑，把所长家人也拉去当保护伞，我们的计划就能成功。"

经过充分讨论，酝酿，反复修订，一个利用所长亲人引蛇出洞的计划便出炉了。

于是，泰开乔装进村。

临别，又说："娘，虽然我多年不进村了，认识我的人并不多，但毕竟人多口杂，我得赶紧离开。以后，会找一个你们学校的老师传话。这样既能保证完成任务，又不让对方起疑心。"

"娘，对了，这事不能让其他人知道，少一人知道就多一份安全。"临了又嘱咐。

“放心，娘不是一般的人。”母亲答得很干脆，顺手将两个熟鸡蛋塞在侄儿手中。

天哪，这上演的是哪出，同现在时兴的谍战片有啥区别。

是的，这是在五十多年前发生在泰家老屋的真实故事。

没过几天，周校长以校舍维修为由，顺理成章来到老屋向母亲传达泰开意见，并交给母亲一个黄布包袱，如此这般作了交代。

第二天，母亲打扫卫生，说是在家里拾到了一个解放军驻扎时，忘记带走的一个包袱，引来村里人围观打探。母亲看看人越围越多，便打开那包袱，里面皮纸包了一层又一层，翻到最后一层，看见一团黑乎乎的东西，都不知道是什么。最后还是在地主家当过丫头的蒋树莲有眼力，把母亲拉到一边，轻轻说：“这是烟土，怕是解放军剿匪时缴来的，走得急，忘了带走。你赶急交政府，不然惹麻烦。”

于是，老屋里藏有鸦片的消息便不胫而走。

这话传到那帮人耳里，最初以为是计。

观察了些日子，便有陌生人前来打探，看看并无动静，胆儿就大了。经过几番试探，对方按捺不住，大买主决定亲自出面看货定在中秋节在老屋验货。

中秋节这天又恰逢国庆，母亲自然要做蒿粑、磨豆腐，同往年一样热闹。所不同的是，学校的青年老师带着朋友对象（警察扮的）来老屋过节。年年如此，并没引起村人和对方的疑心。

人们吃着，笑着。

唯独母亲一直不平静：那人来不来呢？为什么过了约定时间还没动静呢？是不是哪个环节露了破绽？

其实，那伙人早来了，他们远远地盯着老屋哩。

一个小时过去了，两个小时过去了，上午也过去了。

这伙人见无任何异常，慢慢向老屋靠近。

母亲见来人举起草帽，这是约定的暗号，便迎上去，问：“几位老乡是来找水喝吧？”

答：“是来泰家看表姑。”

问：“你是谁？”

答：“洪安刘家老三。”

母亲听暗语也对，便假装诧异：“是刘家老三，出门这么多年，表姑都认不出你了。”母亲的沉着、自然，连那些乔装的警察都佩服。

母亲转过身来，像是暗示，也像是介绍：“各位老师，这几位是远道而来的亲戚，我带他们上楼休息，你们慢慢吃吧，锅里还多着，你们随便吧。”那几位也拿草帽，对众人说：“不好意思，打扰大家了”，便随母亲上了楼。

正当母亲从仓顶上的旮旯里取出那物体交到来人手上准备验货时，楼下的“假同学”、“假对象”、“假老师”，一拥而上、人赃俱获。

根据原来安排，为了安全，母亲也被“抓”了起来，因为交代得好，当场“释放”，而那几个家伙则得到应有惩罚。

一桩悬了几年的贩毒案终于告破，一个也没漏网，轰动全县警界，县文化馆把他编成苗歌戏上演。垮天大伯也有了龙门阵的新内容，只见他依然是唾星四溅，提着嗓门，有板有眼地讲：

“列位，今天在下要道的是本朝本府本村的新人新事，叫做‘小侄子巧施锦囊计，老娘亲智捉贩毒人’。话说公元一九六四年，岁在甲辰，中秋佳节，正逢国庆，泰家老屋发生了一桩惊天动地的大事，为这幢百年老屋增光添彩。这主人公便是那老屋的第五代女当家王氏素贞老娘！要问究竟是什么事，各位千万别急，且让在下饮过此杯，再慢慢道来。”话音刚落，小青年早已递上茶壶，垮天大伯接过，将壶嘴靠在嘴角上，抿了一口，又口水四飞地说开了。

“又吹，又吹。”岩头大伯向来不喜欢垮天大伯的夸张，路过这里听到垮天大伯的声音，鄙视地说。

一个青年连忙为垮天大伯抱不平：“老爷子，人家垮天叔这回可是真人真事，你没听见那开场白本朝本府本村吗？”

“嘿，那倒要去听听，看他怎么吹，顺便讨口救兵粮茶水喝喝。”说着，便噙着大烟嘴向说书的地方靠近。

岩头大伯说的救兵粮，其实是一种带刺的细叶植物，生命力极强，岩缝里都能生存，叶子细长、比茶叶小，结出的果实，一簇一簇豌豆粒大小，到了秋天，红得耀眼。果实酸中带甜，山里放牛娃常把它摘下来，放嘴里嚼，又解渴又能充饥。春天发芽时，人们把那嫩叶采回来晒干泡水喝，有清热退火功效。垮天大伯喝的就是这种茶。

说起来，也不知哪朝哪代的事了。说是军队打仗，没粮了，士兵饿得连走路都不行了，发现了这红果果，捋下便食，酸中带甜，食后气力顿增，打了胜仗。一代一代传下去，叫它救兵粮。

困难时期，它再次救了山里人的命。

在采摘队伍里，少不了母亲的身影。她拼命采呀采，把采来的救兵粮果果晒干，磨成粉，过筛，把果果里边的黑籽筛出来不用，把筛子下面的粉掺在米粉里为老师们做救兵粮粑，虽有点涩口，但毕竟能救命。

是的，它能救命，救了村里许多人的命。

可是，他却没救住爷爷、奶奶的命。

1962年，两位饱经风霜的老人，带着遗憾相继离开了老屋，离开了人世。

村里红白喜事的宴席上再也看不到他们的身影，老屋里再也听不见他们的笑声……

走了，他们终于走了，享年八十二岁。

可是，连张照片都没留下。

五

庆生

由于大伯、二伯都被抓丁，一个被枪杀，一个至今杳无音信，父亲又排行最小，因此，爷爷奶奶都六十多岁了，才有我这个长孙，把我宝贝似的走到哪带到哪。我有时还调皮地骑在爷爷脖子上，爷爷便会在院里走来走去，哼儿歌：

走上街，走下街
来到王婆十字街。
王婆请我喝香茶，
还有糖豆炒芝麻。
……
乒乒乓乓打开门，
你是哪里来的人？
我是岩板古路人。
你来干什么？
讨只小狗守大门。

狗儿还没睁眼睛。

……

一问一答，一唱一和，爷爷开心，我也快乐。

大军过道那年，我已五岁。从四岁起的大事，我都记得。这年冬至过后离过年的日子越来越近，离爷爷的生日就更近了，于是他的得意门生碑表叔邀另几位师兄弟为爷爷庆生。

碑表叔，大名蓝碑。别看他个子单瘦，人却聪明机灵，手脚也勤快，在几个徒弟中，爷爷对他多了几分偏爱。他的刀功特别好，切出来的海带丝、胡萝卜丝，又匀又细，超出了爷爷的水平。于是，爷爷推说自己年岁已高，把跟随了他几十年的屠宰工具（尖刀、砍刀、挺、镣刮）和厨具（爪、勺、铜汤瓢）一股脑儿送了他。这当然让碑表叔感动得几个晚上没睡好觉。于是便想起为爷爷庆生，让老爷子高兴高兴。

说到碑表叔，他还有一段离奇故事。

民国二十八年，长庆屯石爱山家有道场，爷爷便通知几个徒弟前往帮厨料理。

照例，爷爷要先一天带人进屋，碑表叔临时有事，改在第二天才成行。

这天，他一个人出发，来到三分桥地段，不巧碰上从前线溃退下来的川军，不由分说把一副担子压上了他的肩。

“不好，遇上抓夫的了。”碑表叔暗想，并一边在心里盘算如何找机会逃脱。

正是夏天，太阳慢慢升高，闷热得很，一行人汗淋淋，气吁吁。

碑表叔起眼一看，大队伍走到前面去了，只剩下一名副官和号兵陪着一位太太，两名卫兵懒洋洋地跟在后面。

这时，一位传令兵跑回来："王副官，营长说天气热，你们陪着太太慢慢走，我们在茶峒渡口等你们一起渡河。"说完，一个军礼，转身朝前方追去。

碑表叔听到这里，看看这几个人，便有了主意：见机行事。

一行人上了兴隆坳，早已累得上气不接下气。卫兵也索性把枪也挂在碑表叔挑子上，最后那号兵连铜号也嫌麻烦，把它一并交给了碑表叔。看看这些人手无寸铁，碑表叔暗自欢喜。

到了狮子洞门口，表叔加快了脚步，前面的"滚牛塘"便是他要行事的地方。

表叔越走越快，那几个人像霜打的茄子，要死不活，半天没挪半步。

这时，表叔已到了"滚牛塘"（水牛滚澡的泥塘），假装一滑，趁势将那挑子扔进泥塘，这可急坏了后边的两个卫兵，一面跑，一面喊："抓住他，抓住他！"

碑表叔见兵丁逼来，急中生智，抓住扁担还击。谁知扁担的另一端缠了一个小皮箱，怎么抽也抽不下来。表叔看看卫兵已扑到面前，他一脚踢倒那卫兵，顺手扯起扁担就跑。当时正值玉米抽穗，那玉米秆已一人多高。他一纵身钻进玉米地，顿时不见人影。没边没际的青纱帐，上哪儿去找人。

等副官搀着太太赶到现场，见了这般狼狈，气得"叭叭"给了卫兵几个耳光，口里还"枪毙了算了"直骂，吓得卫兵跪地求饶。

营长闻讯赶来，太太早已哭得死去活来，因为副官是小舅子，得罪不得，只好又拿卫兵出气。

营长叫来地方官。保长想多一事不如少一事，便说："此事出在敝地，自当尽力追查。只是不知该差夫何处人氏，姓甚名谁，相貌特征如何，且事发后只睁眼功夫不见人影，不知从何做起。还望长官指示。”

营长见说得有理，只怪部下废物一群。再说，这是湖南辖地不是一个小营长作威作福的地方，只得自认倒霉，扬长而去。

此事来得突然，去无踪影，别说保长刚从牌桌上下来不知道，就连附近的人家也不知发生了什么事。

话说表叔一溜烟跑过扛龙背，转向毂球坡，在隐蔽处一望见没人追来，放了心。一看手上，这才发现扁担上还缠了口小皮箱，当时只是想不能手无寸铁，没想到还顺手牵羊带了夹带。看看四下无人，打开箱子一看，里面一套将校呢军装，箱套里还有女人首饰细软，连忙盖上，把它藏进一个小穴内，用草伪装，又检查了一遍，从几个方向都确定别人不会发现后，作了记号，扛起扁担，沿石牛溪，上雷打坳过半坡阳，经老王寨，绕了个大圈到长庆屯。

见过爷爷，说是因事耽误来迟，爷爷并不怪他，只是说“眼下兵荒马乱不出事就行”，表叔便放下扁担做事去了。

谁也不知道，谁也想不到他刚虎口脱险。

石爱山家的道场前后七天才做完。

表叔说要去老王寨有事，便独自一人抄走小路，怕人认出，等到天黑见四下无人才来到藏物件处，顺着记号，一路摸索，扒开杂草，一摸小皮箱还在，这才放下心来。坐在石头上，那旱烟抽了一支又一支。

一直等到后半夜，才扛着扁担，夹着小皮箱，一路摸索回家，尽管蹑手蹑脚，还是引来阵阵犬叫。

回到家，表叔摸索着把箱子放茅厕边的壁坑脚，用稻草裹好，把草木灰洒在上面吸湿防潮，上面压上石头，又洒一层草木灰，再摆几坨干牛粪。他看看再无破绽，这才洗澡睡觉。

表叔随爷爷给人帮工，常常早出晚归，半夜才回是常事。家里人也不知道他曾出过事，更不知道他今晚带东西回家。

这事，就这样捂着、瞒着，直到互助合作那阵才露出庐山真面目。

1953年冬，大凌，天气极寒，田里的冰块上能站人，村里的年轻人、小屁孩都来到老屋东首的大田里溜冰。只见碑表叔头戴一顶军帽，身披一领黄色将校呢大衣，裹着黄色绑腿，笑嘻嘻地来到老屋，惹得小青年们一路逗他："国民党来了！国民党来了！"

爷爷奶奶把眼角擦了又擦，半天才说："是老碑呵，还以为国民党又来了呢！咋这身打扮？"

碑表叔这才如此这般说了一遍。

表叔解释说："怕大家担心，不敢讲。斗地主时，怕牵连也不敢讲。不是今年下凌，还不会想到它呢。这不，穿上了，还挺合身。"

爷爷说："没事平安就好，现在讲，不迟。"

从此后，碑表叔就穿着这战利品炫耀，每到一处，孩子们就取笑他，他不生气，还嘻嘻地笑，追上去抓住一个小屁孩，逗他："抓你这个小壮丁！"逗得大家直乐。

垮天大伯又得到了说书的材料。

列位，今日在下改换一下话题，说的是：

蓝公子虎口脱险

蠢副官军前求饶

说的是——

没让垮天大伯说完，下面的小青年好像事先约好似的，齐声道：“说的是前朝本府本村蓝府蓝公子蓝老碑的故事。”

“对！”垮天大伯马上接腔。

“说的是前朝本府蓝家公子十五年前的一桩公案。话说民国二十八年的夏天……”

垮天大伯口沫四溅，滔滔不绝，绘声绘色，手足并用，常常赢得阵阵喝彩。

垮天大伯不识字，但记性好，口才好，一点不起眼的小事，经过挖掘主题，布局谋篇，配上手舞足蹈的姿势动作，绘声绘色的描述，各种人物栩栩如生。虽有夸张，那是艺术的需要。全村没有不喜欢垮天大伯的。他讲述的《粉妆楼》中的胡奎、罗成，《水浒传》里的李逵、武松、鲁智深等，我至今记忆犹新。

但有个人例外，常常贬他，那就是岩头大伯。

岩头伯大名杨胜任，比垮天大伯大几岁，儿时发小，一起光屁股长大，岩头大伯先是“又吹又吹”地边贬边入场，等听完说书后，又自问自答似地说：“我怎么就不知道呢？蓝家那小子还有这么一段戏文呢？看不出，看不出！后生可畏，佩服！”便噙着铜烟嘴踱向别的地方。

这后生，就是蓝老碑！这，就是碑表叔！

当碑表叔提出要为爷爷庆生时，爷爷口里虽一个劲儿的“免了，免了，兵荒马乱的”，而心里的喜悦之情早已写在脸上。

爷爷生日这天，除了准备寿诞宴席外，还特地请了人来唱阳戏。戏台搭在老屋对面杨家的阶沿上，台口对着老屋，一等天黑就开场。

吃罢晚饭，父亲将我拉到一边，轻声说：“今晚有几个剧目是你爷爷奶奶最喜欢的，但是一时半会儿找不到合适的小角色，你就顶着吧。”我有点犹豫，父亲接着哄：“听话，演得成功，爷爷奶奶高兴，过年给你扎小龙灯。”见我不吱声，又说：“又不要你唱，只几个小动作，怕什么！”

我知道，父亲说的小角色是指《三娘教子》里的小演员和《安安送米》里的小演员。

冲着父亲答应给我扎小龙灯的承诺，我答应了。

天黑后，戏台上方挂起松油灯，台口也支上了大蜡烛。

轮到《三娘教子》了，一位姓杨的叔叔着青衣、系黑裙、头戴荆钗扮三娘，在台上装着女人的尖嗓唱。父亲扮老管家，我则扮那贪玩的养子。

爷爷奶奶最喜欢看这出戏，还经常带我去看用傩腔演唱的这个剧目。一位大哥哥表演的这个顽皮儿子的形象一直记在我心里。今天有这个机会，我当然想在爷爷奶奶面前露露脸。于是，学着那大哥哥的样子，扮着那顽皮儿子上了场，表演精彩，连站在一旁扮管家的父亲都忘了台词。

下得台来，爷爷奶奶笑得合不拢嘴。

接下来的《安安送米》我表现得更加自如，受到一致称赞。正因为有了这些实践，后来在学校组织的相关宣传演出中，也多次获得成功。

父亲卸了妆走过来，对着我笑。我则想起扎龙灯的事，冲他说：“大人说话要算数，不许耍赖皮。”他过来同我拉了勾。

果然，到了春节，他弄来竹片，把它们破成细条，用麻线缠来绕去，把竹条弯过来绕过去，龙灯的架子便搭好了，用一根小竹竿，插进去当把，人把住这根小竹竿，那架子便随意舞起来。父亲见我迫不及待，说：“好看的在后面哩。”

他又拿来几张清明纸和颜色纸，奶奶便拿了浆糊来。父亲先在龙灯架子上抹上浆糊，然后把小白纸贴上去，又用彩纸镶边，把一张大红纸剪成条贴在龙的大口上当舌头。母亲又拿来两个鸡蛋壳，父亲把这两蛋壳一边一只按上去，画上黑圈，龙的眼睛也成了。

还是爷爷细心，又反复检查了一遍，看有什么漏洞没有，反复摸了两遍，到处都扎实，于是拿起那竹竿把，左右一旋，表演了个龙打滚。我连忙从爷爷手里把竹竿一手抢过来，邀着小伙伴们舞着小龙灯给长辈拜年。长着酒糟鼻、和善的五舅公还赏了我们几支小红蜡烛。垮天大伯也赏了一截红绸子，系在龙脖子上，特别显眼。此是后话。爷爷生日，大人小孩都特别开心。

岩头大伯最喜欢听茂顺哥表演三棒鼓。

三棒鼓道具简单，一个小鼓、一面小锣、三截五寸长的鼓棒（每截有三个眼，每个眼里串有三枚小铜线）、六根小竹做成的可拆卸的鼓架，三把能抛用的专制尖刀。打锣、敲鼓、抛刀、说唱全由一人承当。

演唱时，不挑场地。

表演时，将鼓架支开，上面搁花鼓，鼓下面平放着小锣。支架边一根小麻绳，一端挂个小锤，一端套在脚上。脚向下一踏，那锤昂起来挨着小锣，便“担”地一下响起来。

表演者手上握着那三截棒，把一截抛向空中，看看落到最佳位置，右手“咚”的敲一下鼓，把它抛向空中的同时，同时把落下的稳稳接住，始终保持有一截棒在空中运转。这样手脚并用，便发出“担、担——担咚咚，担咚咚——担担担”的锣鼓点子，而那空中，始终有一截棒在飞舞，茂顺哥的绝技是把那三截棒，换成三把亮闪闪的刀抛向空中，口里还要按鼓点子唱戏文。

听到“担担担”的声音，村里男女老少都来到老屋前的岩坪。

茂顺哥看看人到得差不多了，便按“担担咚咚担，咚咚担担咚，担担咚咚咚咚担，咚咚哟咚咚担咚咚”的韵律开了场：

> 架子已打开——担、担、担
> 花鼓响起来——担、担、担
> 众位乡亲围拢来——担、担、担、担
> 听我哟听我唱开怀——担担担咚咚担担担
> ……

茂顺哥没文化，全凭心记口唱。他除了能唱传统的《罗通扫北》《四下河南》《秦香莲》《二十四孝》外，还能随口便答，临时编唱。特别是他的抛刀，花样也多，什么太公钓鱼、鲤鱼漂滩、筛糠筛米，雪花盖顶、古树盘根、黄龙缠腰、苏秦背剑、犀牛望月、双龙出洞、美女梳头、跛子赶羊等动作娴熟，险象环生，看得人心惊肉跳。我觉得那是世上最好的武术表演。

三棒鼓，又叫花鼓。明清时期，在湘鄂川黔边境的土家族聚居区开始有艺人表演，后来逐渐发展成为深受群众喜爱的具有浓厚地方特色的文艺形式。在我们村，连三岁孩童都能“担担担咚咚担咚咚担担担”的“担”几句。

听上年纪的人说，最初表演时，一人管打鼓、一人管敲锣、一人管抛棒。三人或独唱、或轮唱、或合唱。

茂顺哥五岁起就跟着师傅学艺，活跃在湘黔川边境的花垣、保靖、里耶、秀山、松桃、铜仁、麻阳、凤凰一带，是见过大世面的人物，所到之处，深得好评。以致到了几十年过后，我到凤凰工作，一些个他当年足迹所到的村寨，提起他，老乡们仍赞不绝口，可见口碑之好。我这个小老乡沾了他不少光。

在长期的艺术实践中，茂顺哥反复琢磨，研制出现在的这套道具，改由一人既打鼓敲锣，又抛刀兼唱的形式，大大节约了人工，更不用选择场地，演唱也更灵活自由了。

正是这一改造，在1954年的全州民间文艺会演中，茂顺哥技压群雄，获得参加湖南省文联第一次代表大会的入场券，将这种群众喜闻乐见的独特的表演形式带进了艺术殿堂。

赴省会长沙前，他把鼓架检查了一遍又一遍，那三把抛刀磨了擦，擦了磨，明晃晃得寒气逼人。临行前夜，他还在我们家石板院里来了场彩排。只见他，头包青丝帕，身着土家小褂，足穿麻连草鞋，鞋前边还打了个绣球结。

一通“担担担咚咚担”开场锣鼓后，只听他唱道：

党的领导好——担担担担
人民来当家——担担担担
胸前一朵大红花——担担担咚咚担
明天去长沙——担担担咚咚担咚咚担

口里唱着，脚下“担担担”地敲着锣，天上明晃晃的三把尖刀翻来滚去，双手不仅要接住那刀不让伤人，还要准确地敲出“咚咚”的鼓点子，看得人眼花缭乱，青年哥哥们发出“好、好、好”的喝彩声，整个山寨都沸腾了。

散会后，茂顺哥带回大会礼物——《水浒传》。

1954年，我还不满十岁，便第一次接触了这部文学名著。此后的时间里，我便为岩头大伯朗诵这部著作，增长了不少知识，从小吸取了文学营养。当然，少不了要欧先生先教生字、难字。

看着岩头大伯噙着烟管，眯着眼听得入神的样子，我自己也很满足。

岩头大伯噙着铜烟杆，场场必到，听完了还要点评，常常是鸡蛋里也能挑出骨头来：“这小子唱得不错，刀也抛得好，就是可惜掉了两次棒。”

岩头大伯是个庄稼老把式，对新事物总爱挑剔。

比如说，村里推行合理密植，玉米增了产，他能算得出：“没有间作，玉米是增产了，却少了两斗黄豆。这不等于八两对半斤吗？”

拖拉机来村里翻耕表演，一丘二十多亩的大田，一个早工就犁完了，人人称好。他左看右看，说：“快是快，那田四角犁不着，要人去帮忙，还不是等于零。”

小山村有了电灯。送电那天，整个村寨过年似的热闹。岩头大伯拿着长烟杆装了一锅烟，忘了带火镰就把烟杆伸过去凑在灯泡上点火，连吸几口都不上火，逗得小青年直乐。岩头大伯知道出了洋相，便自嘲自解：“这灯亮是亮，就是吸烟不燃火。”逗得大家又是满堂大笑。

上文提过，岩头大伯大名杨胜任，是村里出名的庄稼老把式，不仅庄稼活样样精通，还根据自己多年的观察，在前人经验的基础上，总结出当地气象变化谚语，编成顺口溜，好懂好记，非常灵验，是老屋一带极负盛名的气象土专家。县气象台成立初期，还专门拜访过他，并被聘为农民气象员，把他风光得什么似的。垮天大伯曾半挖苦半夸赞地编了一则题为《杨岩头观风测雨，土包子人生出彩》的故事说给年轻人听，一时间，岩头大伯的名气更响了。师范学校地理组还把他的气象谚语写进自编的乡土教材。

他经常挂在嘴上的话是：择日翻皇历，出门看天色。

现把他的气象农事谚语选几段记录如下：

雷打冬，
十个牛栏九个空。

立冬出日头，
来春冻死牛。

雷公先唱歌，
有雨也不多。

立夏不下（雨），
犁耙高挂。

小满不满（水），
晒破田坎。

天上起云丝，
晴天便可知。

有收无收靠水，
收多收少靠肥。

芒种不种棉，
夏至不插田（秧），
晚稻赶在立秋前。

天上鲤鱼斑，
晒谷不用翻。
天上瓦片云，
晒得汗淋淋。

早上薄薄云，
中午晒死人。

云往南，雨连连，
云往北，雨未得；
云跑西，骑马披蓑衣，
云跑东，雨不凶。

早发霞，等水泡茶，

晚发霞，干死癞蛤蟆。

一颗雨，
一颗泡，
还有大雨马上到。

东闪闪日头，
西闪闪大雨。

有雨，山戴帽，
无雨，山捆腰。

太阳枷过午，
晒破牛屁股。

朝枷江水满，
夕枷禾苗枯。

月亮长毛，
大雨瓢浇。

太阳打伞，
晒破田坎。

星星稀，

干断溪。
星子密，
雨滴急。

雾罩下坪，
晒死懒人。
雾罩上坡，
懒人唱歌。

炊烟乱窜，
天气要变。
磉墩出汗，
大雨连线。

蚂蚁搬家，有雨，
蜘蛛结网，要晴。
池塘鱼儿跳，
大雨马上到。

鸡不进窝，
明天雨多。

麻雀喳喳叫，晴天马上到；
麻雀洗不停，必然雨淋淋。

正月十五雪打灯，
八月十五雨纷纷。

清明断雪，
谷雨断霜。

清明前后，
种瓜点豆。

重阳无雨看十三，
十三无雨一冬干。

当地有一种苍鹭，夜间成群活动，由一只领头鹭呼唤。如果只有领头鹭在前面一路的呼唤声，叫“独哇”，这叫“一哇”晴。如果领头鹭发出呼唤，后面的鸟群有应答，这叫“二哇”必然要下雨。如果后面鸟群应答声乱嘈嘈的，这叫“三哇四哇”，必然天气更恶劣，必须做好防洪防灾准备。

岩头大伯把这总结成：

一哇晴，二哇落，三哇四哇涨大河。

1954年头春，岩头大伯觉得今年的“哇”声格外不同，料定必有洪灾，果然，这年六七月份暴雨成灾，洞庭泛滥。幸好他提前为村人提供了宝贵的气象资料，及时准确地做好各种农事活动以及应急准备。

岩头大伯虽久居山里，连县城都少去，却深明大义，关心家国大事。1950年，他把儿子杨秀洪送上了朝鲜战场，为此，茂顺哥还把他送子入朝的事迹，编成三棒鼓唱词，广为宣传，记得唱词开头是这样的：

村里杨老汉——担担担
送子上前线——担担担，担
保家先为国——担担担
抗美援朝他争先——担担担咚咚，担担担

一些小屁孩见了岩头大伯，总是老远就扯着嗓门，学那茂顺哥："村里杨老汉，送子去朝鲜"，"担担担咚咚担"。岩头大伯咧着嘴笑。

岩头大伯的侄儿塘顺，比我大一岁，是同班同学，个头虽大，但是怕动脑子，学习老上不去，年年做红凳（留级），我都上初中了，他小学还没读完。但是这人心眼好，从不欺负弱小，又肯帮助人。我记得最清楚的有两件事。

南方经常阴雨连连，地上积满了水，道路泥泞。解放初期，人民生活还处在困难时期，小孩子根本没雨鞋，都是赤着脚，踏着泥泞去上学。塘顺哥便找来材料，做了两副高脚马，一副他自己用，一副便送给我。于是，我们便穿着布鞋，骑在高脚马上，穿过泥泞山路上下学了，解除赤脚踏泥泞的烦恼。

山里的孩子七八岁就要开始牧牛，还要一边割草。塘顺哥曾教我制简易挑筐。青篾片围成两个圆待用；小山竹剖开，刀口在一半长的地方收住，用火在收口处烧软，两个剖面拧成一处；再烤剖面下半部，趁软时倒拧，把这个挑架套在先前的圆圈上，中间用绳拉成五角星。一幅简易的挑草筐子就做好了。

去白岩坡拾柴火，我说要带尖担和绳子。塘顺哥说，带那么多工具麻烦。于是我听他的，只带一把砍柴刀。我们看看柴火拾得差不多了。塘顺哥先是在荆棘丛里选了几根又长又软的棘条子，从码好的柴火底下穿过，左脚踏住棘条，双手慢慢拧那棘条尾部，顺势捆成小圈，把那棘条的头部穿进圈，一只脚踏上去，用力一挤，柴火就绑捆好了。再找一根能承载的木棍，两头削尖，先对准一捆柴插进去，举起来靠在肩头，对准另一捆插进去，立起来，挑起来颤颤悠悠，如此两三次，我便跟着塘顺哥学会了徒手拾柴的活路。

塘顺哥小学毕业那年，正遇上过苦日子，因为他向来心地善良、处事公正，村里人都信得过他，一致推举他当食堂保管员。那时，我正上初中，每月定量是14斤稻谷，金贵得很。每次去领粮，塘顺哥先让我看清秤，生怕少了秤似的，让我仔细看清楚才叫我放心地走。他还总嘱咐我：好好学习，别学哥这不中用的熊样。

可是，当我第三个月从学校回来，再去领口粮的时候，听人说，塘顺哥却因突然嘴上长毒疮得败血症而亡故了，真是好人命不长。想起他对我的帮助，我泪水止不住地流，还特地去墓地看了他。我向他的坟头敬了三个礼。

正待转身，岩头大伯噙着大铜烟袋走过来，说：“你三哥从郴州来信了，正想找你这小秀才给读一读，你们家说你出来老半天了，我一寻思，你肯定来这里了，赶过来一看，果然在这儿。”说着，掏出一封军邮，是他从朝鲜回来，现在衡阳某部服役的儿子写来的。读信，写回信都是我的差事。从那时起，我就感受到了“被人信赖”的幸福。

岩头大伯就是这么一位有趣的人。

/ 边城

六

传奇

爷爷过完生日，不觉年关逼近，山里人都早早地准备年货。爷爷则领着一帮徒弟，忙完东家忙西家。

这天，村里来了一位化缘和尚，光着头，着一领灰色长袍，身后一个玄色包袱，圆圆的，露出一点枝枝杈杈的东西。见人便双手合拢，口念“阿弥陀佛”。和尚白净面皮，很年轻，说上天也只三十来岁。

奶奶正在洗器具，见有和尚化缘，便停下手里的活，擦擦手，便迎了出来，照例是“宝刹何处，法号何称，化何种缘”。和尚听奶奶口气，便知道遇上正经施主了，如实相告：“贫僧法号瑞安，在夹金寺侍佛，为避战乱来到宝地，只要有个安身之所即可，别无他求。”说完，又一句“阿弥陀佛”。

“原来这样，”奶奶接着说，“我们这里有座狮子庵，正缺人监理不知师傅愿意留下？”

“阿弥陀佛，但凭施主安排。”

于是，奶奶便交代我和小伙伴带“阿弥陀佛”去找守庵的姚斋公。我便学着《安安送米》里小角色安安的样子，走到和尚面前，双手合拢："阿弥陀佛，师父，请吧。"

和尚也还了一礼："阿弥陀佛，小施主前面带路。"

这样"阿弥陀佛"在狮子庵住了下来，每逢初一、十五都会来老屋化缘。

"阿弥陀佛，看到狮子庵庙宇破败，佛像受损，便打算攒钱修复。于是一边化缘，一边把化缘得来的粮食变成钱。他便和姚斋公一起山上采集胡葱，在洞口边支一只铁锅，做起炸灯盏窝的小生意来。他们还找来一根长绳，一端固定在洞口大石头上，另一端栓了个竹篮，可直降到公路边。路人要购买时，把钱放进竹篮内，并朝上喊买多少钱的。姚斋公把竹篮拉上来，点了钱，把要买的数装进干净碗内，并把穿粑用的竹签一并放好，慢慢将那竹篮放下去，朝下喊："接好了。"买主一手接住篮子，用竹签穿好粑，高兴地转身走了，姚斋公会在上面说一声："下次再来，发财。"十分有趣。

由于"阿弥陀佛"的灯盏窝不算成本，那粑粑特别实在，又个大、又好吃、又卫生，生意特别好。我也经常带着小伙伴来这个有趣的地方玩。

第二年春天，"阿弥陀佛"在狮子庵主持法会，祈祷地方和平。奶奶少不了也带我上山见"阿弥陀佛"。他把对奶奶的感激自然转移到我身上，特别肯同我说话，"小施主"前"小施主"后的。

开斋了，那香喷喷的灯盏窝，那金灿灿的大块豆腐，食后让人终生难忘。

大法会后，"阿弥陀佛"说是要去四川龙拱沟化缘，行前，爷爷奶奶特别嘱咐："土匪还没彻底肃清，万事小心。""阿弥陀佛"则双手合拢："施主放心，贫僧乃出家之人，料无大碍。"

直到中秋，姚斋公挑着箩筐来到老屋，对奶奶说："和尚被土匪当成是探子砍死了。第一斧下去，还直'阿弥陀佛'，第二斧就断了气。都打听清楚了。"

"多可怜哪！"奶奶眼泪都掉下来了。

姚斋公从筐里取出个大陶器，说："这是向你们家借的。"又取出我当初看见过的大包袱，说："这是他的随行物，夜里在禅房唱佛歌用的。他说过要教小施主的，现在去了佛国，这个物件就搁你们家吧。"

奶奶确信"阿弥陀佛"已遇难，连连叹息："多好的出家人哪！"

多年后，这位"阿弥陀佛"的笑容，他的灯盏窝，他的大块煎豆腐都会时时浮现在我的眼前。

许多年后，人们都还在谈论、回忆这位和善可亲的"阿弥陀佛"。

直到最近，才听老家来的人说，一位原国民党高级将领白崇禧的副官的后人来这里龙拱沟寻找其祖遗骸，这件尘封了多年的公案才大白于天下。"阿弥陀佛"原来是地下党人。

蒋介石溃败台湾前夕，企图在湘黔川边境安插一批潜伏人员，以配合日后反攻大陆。

当时，潜伏在湖南石门夹山寺的国民党特工瑞安接到指令，到湘川公路180里程碑处的狮子庵与潜伏组长李乐山接头，实施"180潜伏计划"。

我方特工人员在慈利县境内将瑞安截获，根据他的交代，将计就计，选派边胞支队的优秀侦察员田渊执行这李代桃僵的任务。

本来，一切都按原计划进行得十分顺利。

1950年夏，国民党暂编二师师长周锡卿，纠结四川、贵州、湖南三省边境匪众数千人将茶峒包围，企图攻打驻军，扼杀人民政权。

为阻止县城驻军支援，把县城至茶峒所有公路桥梁烧毁炸毁，还派徐雅南匪部二百余众在兴隆坳布防阻击援军。

战斗一开始，敌人便选择茶峒汽车站为进攻目标。

接着，又企图以茶峒对岸的四川洪安为跳板，两面夹攻山城。当时茶峒驻军虽是一个连，但实际兵力只七十多人。敌人仗着人多势众，又占据有利地形，气焰嚣张。

形势十分严峻。

区委书记郭珍、驻军首长杨军权率领炮兵战士死守进城各隘口，农民协会干部带领民兵巡逻。

城外，枪声密集，土匪嚎叫不止，城内却秩序井然。

中午时分，洪安落入土匪手中。接着，东门外的茶峒师范学校大礼堂和背后的香炉山高地落入匪手。

匪指挥所移驻茶峒师范学校。

情况危急。

茶峒驻军兵分两路：一路抢占西门外天王庙高地，用两挺重机枪封锁渡口，使占领洪安的匪军不能渡河；另一路，由杨军权亲自率领抢占茶峒师范对面的制高点马鞍碉，用火力封锁茶师大操坪，使得香炉山和聚集在礼堂里的匪众不能前进半步。

这样，控制了整个局面。

战斗从凌晨一直持续到下午4时左右。

这时，县城增援部队冲破敌人重重阻截，赶到茶峒，向围城土匪发起攻击，匪众在内外夹攻下仓皇逃窜，新生的革命政权和人民生命财产得到了保卫。

茶峒保卫战，又创下了我军以少胜多的奇迹。

周锡卿兵败茶峒后，一怒之下，血洗了龙拱沟，不留一条活口，连那扮成山货商准备去狮子庵接头的潜伏组长李乐山也未幸免。

过了接头时间，田渊请示上级后，便以“化缘”为名，独闯龙拱沟见机行事。沿着山路，一路“阿弥陀佛”，走过一村又一村。

谁知刚进村口，就被匪徒盯上。“阿弥陀佛”知道脱不了身，把生的希望留给了姚斋公，叫他快跑，自己高念“阿弥陀佛”向敌人径直走去，把敌人注意力引开。

匪连长认为来者不善，非常时期不留活口，不问青红皂白，命匪众乱斧砍死。

田渊，“阿弥陀佛”，为革命光荣捐躯，年仅三十岁。

人民将永远铭记他。

在中国革命的漫长历程中，既有同敌人正面刀对刀、枪对枪的战地英雄，也有在隐蔽战线同敌人斗智斗勇的无名英雄。“阿弥陀佛”田渊，就是这种无名英雄。若不是李乐山的后人揭开这张纸，田渊将永远是个谜。

……

读大学时，我路过函授部，看见潘老师在弹琴，好奇地伫立聆听，一曲罢，潘老师问：“喜欢听？”

我连忙请教，潘老师介绍：这是民乐，叫月琴、三根弦，如果喜欢课余活动来学。

这样，我拜潘老师为师，学起了月琴弹奏。

春节回家，想起“阿弥陀佛”也有类似的乐器，便爬上仓楼，打开包袱，果然是一张类似月琴的乐器。

潘老师说：“这叫秦琴，也是中国古老民乐。陕西一带民间常用它伴奏，唱秦腔堂会，可惜我不会拨弄，你试着用月琴弹奏法练练。”说完，又试探着问：“你从哪里弄来这老古董？”

我如此这般说了，潘老师唏嘘不已。

从此便跟着潘老师学习弹奏，同古琴结下不解之缘。

潘老师见我进步快，又鼓励我试着边弹边唱，很快攻下了这道难关，潘老师自然高兴，说在他的学生中，目前能边弹边唱的就只有我一个。老师还对他太太说：“我收的这个编外生，兴许能有出息。”

在潘老师的鼓励下，我弹呀、唱呀、唱呀、弹呀，不仅在家乡唱，也在外地唱，走到什么地方，我就唱到什么地方。连我自己都没想到，我还把这种弹唱形式带到了大洋彼岸。只是这喜讯来得太晚，潘老师已分享不到这份喜悦；琴的主人，那位慈善的“小施主”前“小施主”后的“阿弥陀佛”也被土匪杀害了……

“阿弥陀佛”，不，田渊叔叔，六十多年前的小施主向您致敬！

七

山水

凤凰，是享誉中外的旅游城市，秀山丽水，人杰地灵。

1966年，我毕业分配到凤凰新场完小附中教书，一做就是二十春秋，感悟人生。

新场，是凤凰南部的乡镇，紧靠南长城，面对雪峰山，东与沈从文老先生沈家大院所在地黄洛寨接壤，南与铅锌矿储量丰富的茨岩乡相邻，北靠南长城段的都力、廖家桥，西连阿拉和平镇直达贵州铜仁机场。这里进可攻，退可守，地理位置十分重要，历来是兵家必争之地。如今还保留着许多碉楼、古堡。

她，山峦起伏。

北山凤凰岭。以皇坡为制高点，依托大坡、皇沟坡、梁子顶，形成东西走向的云贵高原山系支脉。山上有山，山山相连，秀丽壮观。

南山青龙山。以高岩坡为制高点，依托火马坡、古牛岭、司马坳、道人坳等形成另一条东西向的雪峰山支脉，群山盘绕，沟壑纵横，悬崖峭壁随处可见。

/ 南长城的城楼

/ 南长城脚下的老屋

南北两山系，遥遥相望，青龙盘旋，凤凰起舞，有龙凤呈祥之意。

她，溪流纵横。

北山脚下，一股涓涓流水从茨岩乡的竹里坪进入新场境内，当地人叫它竹里溪。

竹里溪经养牛坡、瓮来、黄栗树、高枧、高比、狮子井、半斤沙、达木坪，到达甘蔗坪。

南山脚下，也有一条溪叫金子江。

金子江经老屋场、龙塘堰、洞冲、上河水、下合水、五眼桥，到达甘蔗坪。

两溪在甘蔗坪交汇，所以这个行政村便叫做合水村，山环水绕，风景秀丽。新场完小附中的校址就在这里。

两溪在甘蔗坪交汇后，水量更大，水流更急，一路欢唱，经马鹿坡、侯家坪、王潭、古冲，在报木林形成飞瀑，落差很大，这里便建成了凤凰第一座农村水电站——桂花电站，不仅满足新场全乡人民用电，还向邻近的都力、廖家桥、林峰、茨岩等兄弟乡镇输电，为土家苗寨驱除了黑暗，带来了光明。

随着电厂的建成，新场的各种加工业应运而生，打米、磨粉、榨油、食品加工，作坊遍地开花，电力排灌比比皆是，连山顶上的旱地都成了水田。

平地，一片汪汪；山坡，层层梯田，与联合国遗产保护区的“哈尼族梯田”并无两样。

偏远一点的古牛一带，靠山吃山，发展林木生产。这里是凤凰油桐油茶生产的主要基地。

土家人精明，平时把那不起眼的油桐叶收集起来，十张八张捆成一把，储存在那里。逢年过节，这种桐叶用来包蒿菜粑，需求量大，销路广，上至铜仁，下到麻阳都有集散地，小小生意赚大钱。当地人形容这是躺在地上拾钱。

这里的甘蔗，节长、杆粗、水多、汁甜，要不怎么会有甘蔗坪这个地名呢。

这里的荸荠，个大、脆甜，远销铜仁、麻阳。

这里的麻鸭，个肥、肉嫩、味美，是供港产地之一。

这里盛产稻米，是凤凰三大粮仓之一。

这里还有一样特产——岩石。在这里只要轻轻刨开表层浅土，便露出岩石来，一层一层，大块大片，有厚有薄，像书本那样，一页一页的。山里人便用它来砌墙、盖猪圈牛舍、铺青石地面、修石拱桥、砌围堰、筑跳岩。无论你走到哪里，都是清一色的石块砌成的瓦房，这叫石头屋，就地取材、牢固耐用、冬暖夏凉。

这里的村民都会这种岩石匠活，工具有：一把锹、一根钢钎、一把锤子、一把錾。

先用木料把房架搭好，架上桁条，钉好椽子、盖好瓦；然后再在房前屋后开个岩场、撬出石块，用这些石块把房周圈起来，这叫先竖屋后封墙。

墙封好后，在内墙打一层底，抹上石灰，舒适漂亮。讲究的人家，还会用条石在院子的某个方位筑一道门楼，门楣上雕龙刻凤，别具风情。

建猪舍牛栏则更简单。用石块码长方形桶子，搁几根桁条，选那薄薄的大块片石如盖瓦那样，一片片接起来，便是牲畜的安乐窝。

这种岩屋，岩墙在新场随处可见。石头屋是新场的一大奇观。

……

新场有山有水，有水就有桥。

桥有两种：石拱桥、石板桥。

石拱桥

北溪有“高比石拱桥”、“狮子井石拱桥”、“犁口溪石拱桥”、“五眼桥公路桥”和“五眼桥老石桥”。

南溪有“金子江石拱桥、洞冲石拱桥、下合五眼石桥、古冲湾石拱桥”。

这些石拱桥全是由地方牵头，居民捐资所建，桥头的功德碑上还镌刻着他们的名字，让后人永远铭记他们的善举。

有桥必有碑，也是这里的一大景观。

石板桥

石板桥因工程小，田间、地头、沟汊之间，到处都有，数都

/ 凤凰石板桥

/ 凤凰跳岩

数不清，但最著名的是龙塘堰的石板桥。

这座石板桥长20米、宽5米，中间四墩三孔、墩高4米。墩与墩之间，用6米多长的尖栗木枋垛连接，先铺成木枋桥，木枋上面再铺两层错缝石块板，保护木枋一不受雨水浸蚀，二不磨损，牢固、实用、美观，是新场地区的石板桥之王。

最古老的石板桥是高洞石板桥和古冲石板桥。因为这两座石板桥是与邻县麻阳和县城凤凰联系的交通枢纽。新场历史有多久，这两座石板桥便有多古老。

石板桥、石拱桥，既是与外界联系的枢纽，也是各行政村之间来往的纽带，有桥必有村。

新场有十个大行政村五十多个自然村寨，像一串串珍珠镶嵌在这两山两水之间。有的寨名特别有趣，如坪砣岩、养牛坡、里面坨、露天坡、瓮来……

其中有名的是“高枧”，因为沈从文先生小说中提到过它，它也就跟着老先生出了名，沾了光。

百户以上的大寨有瓮来、高枧、达木坪、龙塘堰。

山寨中多以同姓同族而居。瓮来、高枧、龙塘堰三寨都是杨姓占绝对优势，都自称是杨家将后代，瓮来还完好地保留着杨氏宗祠。

达木坪村人则是王安石后代，他们的王氏宗祠则还完好地保留在官寨。我们学校内的天王庙也是他们王姓人筹建的，后来从正梁上还发现他们家族一位贡生亲书的上梁之志。

傅姓、田姓、滕姓在新场都是大姓旺族。不过，他们的家族宗祠却在县城。

山里人起名都按字排辈。

众所周知，杨家将后代按“再正通光昌胜秀”轮回排，排完七字又倒回去，故有“七字轮、八字转，孙崽当成太公喊”的说法。在杨姓学生中，这七个字的学生，我都曾经带过。因此，经常同学生说笑话：“我还当过你家祖太公的老师哩。”

王姓学生中，按“国邦永太平”起名。

滕姓学生中，按“代久树建召”起名。

傅姓学生中，按“道定克昌宗”起名。

莫姓学生中，按“祥开百世昌”起名。

田姓学生中，按“景儒茂仁洪”起名。

……

也有叫猫叫狗的。

茶坪周冬狗，弟弟叫春狗、腊狗。

周冬狗替儿子起名为黄狗、白狗、麻狗、黑狗，各种颜色都用尽了。四十五岁那年又得来个满崽，只好起名野狗，惹得婆姨一直不高兴。

坪砣岩的田金花，给女儿起名桃花、荷花、梅花，小女儿出生时，正遇院中萝卜开花，就取名萝卜花。这里人把眼珠长白点的人叫萝卜花，所以女儿长大后，一听别人叫她萝卜花就烦。田金花并不在意。

乡干部李云青是位从扫盲班里逼出来的典型农村干部，虽然文化程度不高，却爱文学，也能出诗作对什么的，还能哼几句山歌，同群众最讲得来。彼此见面常开个玩笑，互相都不在意。有时开会前，也要讲几句四言八句，会场相当活跃。

这两个自然村，都是老李的联系点。

一天晚上开会，几位年轻人逗他："李同志，来副对联吧。"李云青卖关子，假装沉吟："写副什么好呢？"像自言自语，又像思索。看看开会人都到齐了，指着周冬狗："周家一屋狗。"又指向田金花："田氏满园花。""横批：岂有此理。"全场哄堂大笑。

笑声刚落，田金花接腔："青李红李桐壳李。"

李云青一听，田金花接"理"字的谐音"李"出对，相当巧妙，李云青手一挥："听着——旱田水田烂泥田，横批是——"众青年接腔："田里斗诗。"逗得大伙喘不过气来，半天才说："巧对，巧对。"

山寨充满了快乐，充满了生气。

这些充满活力和生气的自然村寨，分布在全乡的山山岭岭，溪流两岸。它们是：

北边——苗坳、枫木林、营盘、露天坡、皇沟坡、养牛坡、瓮来、高枧、黄栗树、高比、狮子井、半斤沙、达木坪、甘蔗坪、岩坎冲、白泥塘、凤凰岭、青山坪、姚家院、马鹿坡、侯家坪、烟草弯、半坡、皇潭、报木林、晒谷脑、古冲、新场。

南边——金子江、老屋场、龙塘堰、洞冲、上合、下合、高洞、千工牛拉拉横路、火马、山背、茶坪、长梁、古牛、坪砣岸、夹眼龙、田冲、三口、老塘、里面坨、道人坳、司马坳、界上、牛栏冲。

有山有水，有水有桥，有桥就有人家，有人家必有跳岩，必有堰坝，有堰坝必有碾房。

整个凤凰的地貌如三级台阶式。新场处在第一台阶，地势较平坦，溪流较平缓，适宜围堰。安跳岩、跳岩、围堰、碾房给新场增添了无限的自然美。

竹里溪上的跳岩：养牛坡跳岩十三步，黄栗树跳岩十九步，高枧跳岩十五步，高比跳岩二十一步，半斤沙跳岩十五步，达木坪跳岩十五步。

金子江上的跳岩：老屋场跳岩十三步，龙塘堰跳岩十五步，洞冲跳岩十九步，上合水跳岩十九步，甘蔗坪跳岩十五步。

这些跳岩是村里人就地取材，采集那长条石，厚约25厘米，用錾凿得平平整整，竖着安放在溪流上，经得起洪水冲击，经得住千军万马踩踏。小孩刚学会走路，大人就开始训练他。一般孩子都能在跳岩上行走如飞。

这里最险的跳岩是上合水的跳岩，最平稳的跳岩是达木坪跳岩。高比的跳岩最长，但修石拱桥后，就很少起作用了。谁还有桥不走，挑着那百多斤的担子去过跳岩呢。

竹里溪上有围堰四处：黄栗树堰、高比堰、半斤沙堰、达木坪堰。

金子江有围堰八处：龙塘堰、洞冲堰、上合堰、下合堰、下

/ 远眺南长城

/ 阿拉完小

合二堰、甘蔗坪堰、庙湾堰、报木林堰。

这些围堰同碾房、磨坊、榨油坊紧紧联系在一起，后来又增加了二十多处电力提灌房，把溪水引上高山。

所以，这里的人们相对来讲，还算富裕，衣食不愁。为了防匪防盗，殷实人家便纷纷建造保家楼，成了新场的又一景观。

保家楼其实就是碉堡。

新场现存碉堡三十多座，据说当地正在采取措施，积极保护抢救，还打算申请加入世界遗产。

这种碉堡从外观看，全是由当地青石砌成，房顶盖小青瓦。从二楼起，墙上设内大外小的观测孔，可瞭望，可射击。

内为三层，每层面积与普通房间大致相同。

第一层有大门，由跺子木做成，两侧有岩石凿孔做成的门栓孔，牢实得很，几十个人都难砸开。这一层用来关猪拴牛，有活动长梯从这里上楼。梯口安有挡板。

第二层，活动厅。墙面有瞭望射击孔，还有固定板梯上三楼，梯口有挡板。

第三层，卧室。也有瞭望射击孔，还有储藏柜和储水缸。

遇紧急情况时，猪牛赶进一楼，把厚厚木门关上，上好栓，再用栏门扛一扛，扛两端插进岩孔内，最后用大石头把门顶住。男丁留此守候。

其他妇女小孩沿长梯上二楼，把长梯提到二楼，关上梯口挡板，拴上木栓，任你千军万马到来都无济于事。

饿了，吃干粮，还可生火做饭。

困了，上三楼睡觉。

据说，匪首杨合清曾率百多人袭击龙塘堰。全寨人都挤在这古堡里。男丁挤在一楼，能射击的占领二楼，老人妇女挤在三楼。

这座古堡被杨合清围了两天两夜，什么砸门、火攻都用上了，结果无功而返，还伤了几个匪兵。

保家楼成了保命楼。龙塘堰人名声大震，附近土匪闻风丧胆，再不敢轻举妄动。

在这几十座保家楼中，真正遭遇了敌人真枪实弹的，就是上文提过的龙塘堰的保家楼。

做工最漂亮的是达木坪保家楼。它的特别之处是在三楼开了两扇亮格门，门外还有走廊栏杆，墙上还绘有人物山水。

最古老的保家楼是报木林和古冲悬崖边的两座古楼。

竹里溪、金子江在甘蔗坪汇合后，经侯家坪稍稍喘息后，全部灌进皇潭，聚集力量，一涌而出，翻过报木林石崖，一落千丈，形成飞瀑。

于是，村人利用这水力，开了两座榨油坊。于是乎这里哗哗飞瀑声中又夹杂着“嗷——咚”的榨油工人的号子声，让这古老的峡谷多了几分人气。

为保平安，榨坊的主人各自在榨房旁建了保家楼。因为是在悬崖上建房，远远看去，摇摇欲坠，让人多了几分担心。实际上它已经历了数百年风雨的考验，牢不可破。前几年，《人民画报》还刊登过它的近照，吸引不少读者和游客前往，一睹为快。

千百年来，秀山丽水养育了新场人，反过来，新场人又以自己的勤劳和智慧把山水装扮得更加美丽。这，就是人与自然的和谐；这，就是人类的文明。

看着溪边的农家，跳岩、石桥、堰坎、碾房、古堡，不禁让人想起马志远的名句：小桥流水人家，极其经典地浓缩了江南水乡特色。

这，便是新场。

这，便是我要栖身立命的地方。

新场完小附中，坐落在竹里溪与金子江的交汇处，占了三个小山岗，山环水绕，绿树成荫。

凤凰至茶田的公路从中间穿过，把校区分成两半：北半部是教学区、生活区；南半部是运动场、绿化区。

生活区里有古庙遗迹。上七级石阶，进圆拱门，从戏台下穿过，进天井、两边耳房；再上七级台阶，进到大殿。据说供着天王雕像，故名天王庙。

大殿前边两侧各有一道拱门，向左通后园，向右通斋房。斋房边有一株百年花椒树，干粗叶茂，每年都结满了大簇大簇的红花椒，可供附近村民作香料用，还绰绰有余。

后园一片竹林，还长着几株百年板栗树，树干虽已空心，仍枝繁叶茂。秋天果实成熟后，那调皮的松鼠在树上跳来跳去，有时还双手捧着栗子，立在树枝上向路人显示自己，眼珠滴溜溜地转。

天王庙所有地面一色用对缝青石板铺就，与民居不同的是，这里的房舍全是青砖砌就，房顶还有琉璃瓦装饰。

民国时期，提倡国民教育，便借用这里办学。现在这里是学校的生活区。

教学区在另一个山冈上。

运动场在北半区：两个篮球场、一个排球场，还有环山跑道。

篮球场东端有一土台，是运动会的主席台，也是全乡各种集会的主席台。

/ 新场中学校门

/ 去县城参加中考回来的孩子们

学校是在古庙基础上发展起来的，所以绿化工作搞得很好，凡是空隙的地方都有绿。叫得上名的有：桧、松柏、枫青、麻栗、板栗、尖栗、梓木、楠木、刺楸、梧桐、榆……简直成了树种博物馆。校舍就掩映在这绿树丛中。

运动场的小岗上是一片枫林区，其中有八棵古枫，四人牵手都围不拢，至少五百年以上，已被当地列为文物，重点保护。

每当初夏，成群结队的白鹭、灰鹭、塘鹭，万里迢迢回到这里度蜜月，生儿育女。整天飞进飞出，忙忙碌碌，那粪便雨点似地掉下来，地面上如同撒了石灰水似的，可见数量之多，这片林子成了鹭鸶王国。

别看鹭鸶腿长翅长，它们筑巢的本领远不及小画眉、小麻雀。小画眉筑巢，精心选材，把那巢筑得很结实，编织得像个小球似的，还留一个小圆孔能进能出，又漂亮、又安全，真正是避风挡雨的家。小麻雀编织的巢，像个小碗，做工也是特别精细，小宝宝睡在里面，简直如同安乐窝。

鹭鸶则懒得很。随意就地取材，把几根枯枝胡乱架在树杈上，找几片枯叶往上一垫就成窝了。有的年轻妈妈更懒，趁别的人家不注意，把别的架好的枯树偷过来变为自己的筑窝材料。树顶上常传来“扑棱棱”的撕打声和“咯咕咯咕”的叫骂声。

家建造好后，那鹭便在里面产卵，一般有三至四枚，比鸡蛋小，浅蓝色外壳。

经过二十天孵化，幼鸟破壳而出，是一群光溜溜的肉蛋蛋，张着嫩黄的口向妈妈讨吃喝。鹭鸶妈妈会用那尖尖的长喙把它赶到脚下保护起来，再把那长喙对着小家伙的口送唾液以安慰。

等到小家伙都出世后，鹭鸶妈妈格外忙碌，从外面捕了食回来，盘旋缓冲一下，便降落在窝边，那些个小宝宝虽还不能睁眼，却能听到动静，知妈妈归来，便张开嘴巴。妈妈便把那长喙朝这个嘴里塞塞，那个孩子嘴里塞塞。完了，便又扇动翅膀起飞，前往田野觅食。来来往往，一天有十多趟，小家伙们拼命吃，那妈妈就不辞辛苦地捕食。

一周后，小鹭们身上长满绒毛，眼也能睁开，兄弟姐妹间也能互相啄来啄去闹着玩。看着它们在那个四面通孔的窝里挤来挤去，都替它们捏着一把汗。

随着它们的长大，妈妈更忙，什么能吃的都捕来。有的食物太大了，小家伙们啄不动、吞不下，还会掉到地上来。地面上，时不时会出现泥鳅、鱼、青蛙的尸体。

一个月后，小鹭们长成了小小伙，飞行羽也快长齐了，从这枝树杈扑棱到那枝树杈，从这棵树扑棱到那棵树。

再过一周，它们便在妈妈带领下，开始去田野，去山塘，去河汊单独捕食。它们像妈妈那样，缩着头，躬着腰，静静地站在那里一动不动。一旦发现猎物，脖子一伸，闪电般冲上去，尖喙一啄，猎物便到手了，昂起头，一伸脖子，那猎物便进了肚。

八月初，远处山头上的杜鹃，停止了日夜不歇的“规规阳、规规阳”的悦耳歌声，离鹭群回乡的日子越来越近。它们在紧锣密鼓地做回乡准备，忙着进食，累积体能，忙着练翅，适应远行。常常这一群刚降落，那一群又起飞，显得比英国希斯罗机场还繁忙。

“来时三千，去时一万”，是当地人对鹭群繁殖数量骤增的形容。

秋分一过，它们会在某个时间消失得无影无踪。一直要到第二年清明后，树木发了嫩叶，远处山头传来“规规阳、规规阳”的杜鹃清脆悦耳歌声，才又陆陆续续光临这片林子。这时，田野

/ 新场中学内景

/ 今天古枫上鹭鸶仍然展翅飞舞

里“呱呱”的蛙鸣，竹林里“咕、咕、咕——咕”的斑鸠声，田里“咣、咣、咣”的秧鸡叫唤，远处麦地里“快快收割”的布谷鸟声，伴随着鹭群“咯、咯”的争吵声，这林子又会再度热闹起来。不远处的教室里便传来琅琅书声：两个黄鹂鸣翠柳，一行白鹭上青天……

学校大门外，两株古金丝楠木像两把特大的遮阳伞伫立在石板路两边，根部砌花台保护，上面铺大石板。大树周边还摆放石条凳，供人休息。

新场古历四、九逢集，四里八乡的山民路过这里，不管再忙都要来这里坐一坐，歇歇脚，擦把汗。

最热闹的是秋后交公粮。

各村寨的送粮队伍，一路吆喝来到这里。担子一放，有的往石凳上一坐，有的则解下草帽边扇凉边聊天。青年哥哥抓紧时间，在石板上玩扑克牌、下打三棋。

时间差不多了，领头人一声“走”，大家又争先恐后挑上担子，一路吆喝，继续前行。

这一队前脚刚走，另一支人马又到了，像赶集一样热闹。

把这个热闹场面推向高潮的，则是乡干部李云青领头的送粮队伍。

他们年年都有新招。有的年份，他会安排几个人在队伍前面敲锣打鼓“七七仓，七七仓”，叫热热闹闹送公粮。有的年份安排几个婆姨，擦胭抹粉，耳垂上挂颗红辣椒，扮成媒婆王大娘，腋下挟方手帕，屁股一扭一扭走在队伍前面，叫喜气洋洋送公粮。媒婆的滑稽夸张动作，给人们带来欢乐。

人们盼呀望呀，李云青率领的送公粮队终于出现了：只见李云青扛着一面大旗，上书“爱国粮”三字，紧跟在他后面的是田金花为首的娘子军，民兵营长率领的“突击队”殿后。排着两路纵队，一路吆喝来到操场，担子一放，自然形成两队。

这时，人们才看清，每副担子里插着的那红红绿绿的小三角旗上，写着“爱国粮”，给今天增加了几分节日气氛。

大家屏住呼吸，但等好戏开场。

李云青把红旗往两队人马前一插，站在大旗下放开了歌喉：

不打鼓来不敲锣
今天只唱送粮歌
男队唱罢女队接
众人一旁打吆喝

男队：

笑在眉头喜在心
我挑金谷上北京
主席同我手拉手
醒来却是梦中人

女队：

早也忙来晚也忙
鸡叫头遍就起床
婆婆问我干什么
忙着喜交爱国粮

就这么你一首他一首地唱开了，每唱完一首，在场的众人一齐吆喝，把古树上的鹭鸶惊得扑棱棱乱飞。直到联络员用大喇叭筒在远处喊“古牛队过磅了”才打住，这才一路吆喝去粮站。此情此景比舞台表演真实、朴素、令人难忘。……

这就是新场的山，这就是新场的水，这，就是新场纯朴的人民！

我常常一个人背着古琴，爬到凤凰岭顶峰，一面自弹自唱，一面鸟瞰这片山水。

春天，草籽嫣红，油菜花黄。大地犹如一张硕大的绿地毯，劳作的人们、闲适的牛群、青山、绿水、田园、石桥……都成了绿地毯上的画作。

秋天，大地一片金黄，犹如黄金海岸，稻浪滚滚，荷送清香。抬眼望去，学校那岗上红叶更是耀眼夺目，让人想起“霜叶红于二月花”的名句来。于是，我便站在山顶，一边弹，一边唱起了“西边的太阳快要落山了……”

入夜，繁星点点，月光下的田野、溪流、石桥、跳岩、堰坝、古楼、岩屋……，若隐若现。

岩屋里的灯光折射在溪流的水面上，炊烟袅袅。

忙碌一天的农家，扛着锄头，赶着牛群回村。

岸边传来“嘎、嘎、嘎”的鸭叫鹅叫，它们在主人长竿的指挥下，开始归巢归宿。

桥洞里，沙洲边，小男孩们光着腚玩闹戏水……

远处，隐隐传来笛声，闲适、和谐、恬静。

分不清是在天上还是人间，让人着实流连忘返。

春末夏初，天气暖和。照泥鳅、诱捕黄鳝也是这里的一道景观。

买来缝衣钢针，将它绑在两尺长的棍的一端。夜幕降临后人们便握着手电筒，或提着自制的松油灯笼，去水田里捕泥鳅，叫照泥鳅。

泥鳅很滑溜，一般用手抓不住。于是这里的人们便发明了这种带针尖的工具。

泥鳅夜晚羞光，灯光照过去，它不动窝，这时，右手上的武器一撞上去，那针尖便刺进了它的身体，一撞一个准，左手帮忙，把它取下来装进系在腰间的笆篓内。用这样的方法又轻松，又效率高，一个晚上收获几斤不成问题。

泥鳅捕来后，先是将它放在盆内，抓起一只，顺着它的身子，两手指使劲朝下一挤，那内脏都挤出来了。然后将这收拾干净的泥鳅，放在铁锅内慢慢小火烘干。

食用时，先铁锅坐油，将姜丝放入，再放几粒豆豉、红辣椒段，再放烘干了的泥鳅干，小心轻轻翻炒，滴几滴醋，放葱段，装盘，味鲜美，可谓美食之一。

诱捕黄鳝，也要先编织诱捕工具，用篾片编篆一个圆形的小篾篓，一端为圆形入口，离入口处下方有几片倒片。黄鳝进入后，由于有倒片挡住，它就只能进不能出来了。另一端是活动出口，平时用篾匝扎紧，把篾匝松开，黄鳝就能被倒出来了。

工具编好后，第二步是制诱饵。

茶枯水倒在有蚯蚓的路边。一会儿，那蚯蚓便一只只爬了出来，把它拾起来盛小盒中。点燃一把稻草，待稻草燃尽还保留高温时，将蚯蚓倒进去，不一会儿，便散发出诱人的香味。这便是上上诱饵。取一点诱饵。小心装入篆的中间部位。

黄昏时，挑着这些装了诱饵的篆去水田边，把它埋在田泥里，旁边插一根竹条做记号。这叫放簺。

第二天清早，循着这些记号去收簺，保准里面卷着好几只鳝鱼，由于一端锁紧，另一端有倒片，“猎物”怎么也出不来。把簺收齐后，对准笆篓，把活动匝一退，鳝鱼都乖乖进了笆篓。

剖黄鳝是技术活。黄鳝倒进木盆。一块木板斜斜地靠在盆边上，一端抵住盆底。抓一只黄鳝，两手指紧紧挟住中下部，将黄鳝头部使劲往盆沿上撞，将它打晕，右手拿锥把它头牢牢钉在木板上，让它动弹不得。这时，左手摁住它，右手换成一把锋利尖刀，顺着它肚皮往下划，把鳝鱼剖成两半，紧接着往鳝鱼颈部斜刺一刀，那根脊骨便剥离开来，去头去尾，剩余部分用棕叶穿上，这才大功告成。

把剖好的鳝鱼洗去血污后，可做红烧鳝鱼，也可做鳝鱼火锅，味道特别鲜美，食后难忘，据说鳝鱼滋补功能很强，市场上一时“洛阳纸贵”，尤其是正宗的新场鳝鱼更是抢手。

盛夏七月，如遇暴雨，溪水猛涨，一片汪洋。溪里的鱼，塘里的鱼，田里的鱼夹着洪流浊水，顺流而下，这便是沿溪人家捕捞的机会，向来有“天上雷电闪，农家渔篓满”的谚语。只要天气闷热，磉墩石出汗人们就知道暴雨要来了，比中央气象局的预报还准。

人们忙着拾掇捞扛、网罾。

这网罾非常特别。先用纳鞋底的麻绳织成一张一丈多见方的大网，用两根长竹竿把它对角穿起来，再用一根长竹竿或杉木条作杠杆，顶端套一根结实的长棕绳。使用时，把杠杆支在岸上，用脚压住，将网没入洪水中。这时，夹在洪水中的鱼类便进入网内。一脚紧紧踏住杠杆顶端，双手拽着棕绳快速向后拉，那网就高高露出水面，鱼儿在里面活蹦乱跳。随着网的升高，鱼全落入网底，再也蹦跶不起来，只好乖乖就范。

洪流搬罾，场面壮观。几十里路长的溪流两岸，一字排开成百上千顶网罾，此起彼落。加上围观人群，蓑衣斗笠，密密麻麻，欢呼吆喝，响成一片。

这场面很短暂，只要洪水一退，便鸣锣收兵。有收获的喜气洋洋，还露着笆篓炫耀，两手空空的；则自言自语“手气背手气背，下次选个好桩点”。

这时，村里会传来急促哨声，哨声响过，就听到队长的喊声：“男女老少，一律下田扶苗！”

新的战斗又打响了。

是的，新的战斗又打响了。1968年冬天，根据当时“侯王建议”，村村办学，我便来到了龙塘堰村，一边办学，一边接受贫下中农再教育，开始了人生的新里程。

我很感激这里的农民那样信任我。“侯王建议”在《人民日报》一刊出，他们就第一个选我去他们村。龙塘堰的父老乡亲呀，你们在关键时刻无形中救了我，你们就是我再生父母，龙塘堰是我的第二故乡。和我一样的，还有在半里之隔的金子江办学的覃老师。

我要去的龙塘堰，还有一位复旦大学来锻炼的待分配大学生欧江。

欧江比我大两岁，高挑个，白皙的圆脸，鼻梁上架着深度近视眼镜。年轻人都叫他“欧二饼”，妇女们则叫他“欧四眼”。

欧江从小生活在大城市，从学校门到学校门，对山里的什么都觉得稀奇和不解。

山里人家的茅坑，没有马桶谈不上水冲，臭气熏熏，旁边还有那母猪直哼哼，他半天拉不出粪便来。

山上油桐树果实累累，他以为是苹果，摘一颗下来，拿去小溪里洗干净，咬一口，又苦又涩，直想呕吐，引得青年哥哥们直乐，这才知道上当。

他看见社员们上地劳动，都穿着水草鞋，又凉快方便，又能防滑，便抽空去供销社打算也买一双试试。左挑右选，翻过来换过去都不见标签尺码，便埋怨营业员："怎么这鞋不贴尺码？"逗得在场的人捧腹大笑，对他说："这叫草鞋，哪有什么尺码？你拿脚上一试不就成了。"

后来公社书记动不动就拿这事当典型，大会小会四处宣传，于是欧江又多了个"书呆子"的雅号，思想压力特别大，我去后还多次开导过他。

欧江在龙塘堰，吃、住都在老贫农家。单独出门，老是找不着回来的路，因为这里的人家都是清一色的青瓦岩屋，家家一个样，加上他眼近视，这家瞧瞧、那家望望，一遇上岔道巷口，就分不清东南西北了，有两次都闯进了"地主婆"屋里，差一点没挨批。虽知闯了祸，吓出一身冷汗，但口里还是嘟囔"这么大的地方，怎么就不编个门牌号码？害得我好找"。

春分节，土家人照例要吃社饭。这天收工回家，看见房东大娘在处理刚采来的社蒿，欧江想：前些日子听大家忆苦思甜，说是青黄不接之时，靠吃野菜葛根树皮度日，敢情今天就是对自己进行这方面的教育，那可得好好表现表现，再不能出洋相了。

于是，他躲在自己那间小屋内，拼命地复习《想起往日苦》：

天上布满星，

月儿亮晶晶。
生产队里开大会，
诉苦把冤伸：
万恶的旧社会，
穷人的血泪恨，
千头万绪涌上我的心。
止不住的辛酸泪，
挂在胸。

不忘那一年，
爹爹病在床，
地主逼他去做工，
累得他吐血浆。
半夜就起身。
回来落日头，
强盗狠心，
打得他鲜血流。
可怜我那老爹，
把命丧。

不忘那一年，
北风刺骨凉，
地主闯进我的家，
狗腿子一大帮，
说我们欠他债，

又说欠他粮，
强盗狠心抢走了我的娘。
可怜我这孤儿，
漂流四方。

不怨我的爹，
不怪我的娘，
可恨地主黑心肠，
把我剥削光。
……
红日出东方，
来了共产党，
打倒地主分田地，
穷人作主把家当。

不忘阶级苦，
牢记血泪仇，
世世代代不忘本，
永远跟党闹革命。

他一会儿背词，一会儿哼谱，心想：这次的忆苦餐上一定要好好表现。忙乎了半个时辰，主人的饭菜早已停当。

开饭了，欧江严肃地上了饭桌，先是背了语录“下定决心，不怕牺牲，排除万难去争取胜利”，接着又唱“天上布满星……”这才开始动碗筷。

欧江吃着这野菜饭，味道特别香，嘴里不说心里却在想：“这忆苦餐比平时的好吃多了。为啥还叫忆苦呢？”心里直犯疑，话到嘴边又几次咽了下去。

男主人看到他那迟疑的样子，问他几次，他这才吞吞吐吐地说：“没什么，这忆苦餐好，以后咱们家常吃。”

说得女主人哭笑不得：“说你书呆子，还真呆。这叫土家社饭，逢年过节才摊上这么一两回。天天吃，哪来那么多本钱和时间！”

欧江用手推了推鼻梁上的眼镜，一副惊愕的样子：原来这不是忆苦餐？“天上布满星”白唱了。

转眼半年过去了，欧江就要回校了。大队主管“再教育”的支委来到了龙塘堰，主持召开代表大会，给欧江下鉴定，欧江本人也到会聆听。

我认真地记录大家的发言。最后一致通过：“欧江同学半年来在我队表现突出，阶级立场坚定，政治觉悟高，一不怕苦，二不怕死，同农民一道战天斗地，晒黑了皮肤，炼红了思想。建议校方准予毕业并分配工作”。

在鲜红的“凤凰县新场公社龙塘堰生产队”的圆印戳下方，是七十六名农民按下的鲜红手印。

欧江边听边记，早已泪流满面：他感谢山里人再次包容了他，护卫了他。欧江不久便被分配到某科研单位搞行政工作，一直到退休。退休后，他以“区二兵”（欧二饼的谐音）为笔名，写了一篇题为《大山的胸怀》发表在《人民日报·海外版》上，专门回忆这段难忘日子。连载后，受到广泛好评。成书后，还给我寄来一本。

我看那目录，在黑体字“大山的胸怀”下面，有一道破折号连着“难忘岁月”，再下面又分几个标题，具体是这样的：

迂腐“书生”

“绰号”的来历

磨　　练

七十六个手印

胸　　怀

此是后话，暂且不表。

我来到龙塘堰村，过了那十五步跳岩，村民早在路口等候，他们接过我的行李，忙不迭地为我备炊具，腾家具，打理收拾。看到他们，我就像看到了母亲，看到了爷爷奶奶。我永远记着这些好人的名字：顺龙叔、通银叔、圆秀婶、伏狗叔、顺和叔……

不知是天意还是巧合，我的家就安在村口水井边的保家楼内，就是前文提到的匪首杨合清几天几夜没攻下的有过光荣历史的古堡。

龙塘堰，二百多户人家，全是杨家将后代。

她，南靠青龙山，北临金子江，依山傍水，过十五步跳岩便到对岸。

跳岩上游300米处一道围堰，因正处青龙山的龙头下，故名龙塘堰，溪水流处，一座碾房。随着那水轮昼夜不停地转动，碾房内的转轴便带动那岩轮也在碾盘内转动起来。各种部件也同时发出“嘎嘎”的呻吟。

金子江，龙塘仅一水之隔，连接这两个村的纽带，便是这围堰旁边的石拱桥——金龙石桥。

石桥下的潭，深不可测，终年不枯。水绿得令人胆寒，但村里的孩子个个识水性，敢光着屁股，从桥上往下跳，不但能潜游，还能放翻天亮（仰泳）。

跳岩下游500米处，有一座同样的石拱桥，叫洞冲桥。它是新场人南下麻阳的唯一通道。从这里出发，经火马、千工牛、下通喇江便是麻阳的蔡家坪。

洞冲石桥下也有一道围堰，碾房内整天都有车谷机的响声和笑语声。因为这里当道，来这里碾谷磨面的人特别多。

青山、绿水、田园、梯地、跳岩、石拱桥、围堰、碾房、岩屋，加上我住的古堡，把这个土家山寨，装扮得格外美丽。

如果说，西湖是一件高级瓷器的话，那么她的美就是人工雕琢之美；而龙塘堰则是一件陶器，那是古老之美、质朴之美、自然之美。

我就在这古朴、自然的天地中生活，别提有多惬意了。

1969年“五一”劳动节，在村民的撮合下，我与覃老师结合在一起了。

那是一个美好的夜晚，凉风习习，月光如昼。

因为我是接受再教育，没有工资，只发5元生活费，粮食由生产队提供。我把积攒的15元全部买了糖果招待客人。大家都体谅我，进屋后先说几句祝贺的话，然后象征性地拿两粒水果糖，取“好事成双”之意，口里说着“前客让后客”便告辞离开。最后来到的是管理学校的通银大叔。换句话说，是我现在的顶头上司。

通银大叔个子不高，四十岁开外，随时面带微笑。说起话来，口吃得厉害，涨红着脸，半天吐不出一个字，听他说话特别难受。但是他有一个爱好，就是爱听戏文，爱唱阳戏。

说来奇怪，一到说戏文、唱阳戏，他就没有了口吃现象，流利得跟正常人一样。他在演出中，多半是配角，如太监、管家之类。尽管角色不重要，但由一个严重口吃的人来担当，实属不易。因为这个缘故，他也算个文化人，便推荐他管学校。村里人叫他“赤脚校长”，他也不在意。

一说到他，村里男女老少都会给我讲他“阳戏救人”的故事。

那是民国年间，一个北风呼呼的夜晚，通银大叔的母亲在松油灯下纺棉，十分专注。

小通银那年才十来岁，从新场街上看阳戏回来，估摸已是十点多钟，去厕所小便。听到粪坑里有响声，便吹亮纸媒去照，只见小妹妹在里面挣扎。一看大事不好，便跑过来抓住老娘的手，一边指着茅房，一边“茅、茅、茅”地说不出话，急得青筋直暴，满脸通红。越急越说不出，越说不出越急，老娘半天摸不着头脑。

老娘看这架势，也是急中生智，口里哼了两句阳戏过门，便用老旦口气：“我儿何事惊慌，不妨慢慢道来。”

那通银便接了腔，用《赶山调》唱：“尊声老娘你请听，妹妹掉进茅厕坑。”

这“坑”子还没刹腔，老太太便知了下文，直呼邻居帮忙救人，这才把冻得浑身发紫的小姑娘拖了上来。

从此后，村人凡遇当紧事，都用阳戏里的曲牌、唱腔同他对话，节约了时间，也减少了几分难受。比如说，儿子要去女朋友家，想要通银大叔给点钱，就会这样如戏文里道白：“爹爹在上，儿有事禀告。”

他流利地道白：“我儿但说无妨。”

儿子继续：“明日端阳佳节，得去岳母家走走。”

通银叔：“应该，应该。”

儿子沉吟：“只是缺些个盘缠。”并做数票子的动作。

通银大叔便听懂了，从枕边摸出个小布袋，取出几张纸币交给儿子，儿子这才高兴地走了。

所以，我刚到这里，他儿子便奉通银大叔之命，给我送来一碗煎好的泥鳅做下饭菜。临了再三嘱咐我：同我老子讲话，你必须如此这般，多学戏文。

闲话带过，书归正题。

我与覃老师结婚那天，最后来的是通银大叔。

通银大叔来到后，人们都不肯散去，都想看他使什么招，其实是想看我怎样接他的招。

我五岁都登过台，何况还有他儿子早先都关照我了。于是为了节省时间，我便先表演了：“不知前辈驾到有失远迎，且请恕罪。请上座。”并做了一个请的手势。

通银大叔不愧老戏迷，马上进入角色，道：“公子洞房花烛之喜，老朽来迟，万望公子见谅。”还双手合起，揖了揖，人们都抿着嘴笑。只听他又道：“老朽备得喜联一副，公子笑纳。”

只见他站了起来，人们便让开一点地方。他走到灯下，装模作样做出手持对联的样子：“这上联么——唤作：土家苗族结同心。”

我是土家，覃老师是苗族，难为他想得这么切题，我忙上前一步，装着看的样子，夸道：“好对，好对。”

只见通银大叔走了一个过场，转身过来接着道：“这下联呢——就叫它：生个胖娃上北京。”

我连忙接腔：“谢前辈吉言，这礼学生收下了。”

“哈哈！哈哈！”众人这才“轰”地笑出声来，古楼里充满了喜气。

这时，不知是谁提了句“这么好的日子，怎么好像缺了个角？”“谁？”大家不约而同地你看我，我看你，最后恍然大悟：“杨老毛。”

杨老毛，五十来岁，贫协组长。虽没文化，但山歌是启口成章，在1958年公社举办的山歌赛中，力战群雄，一天到黑不翻豆稿（不重复），连公社干部李云青等都败下阵来，夺得山歌王的桂冠。

这么个勤劳汉子却打了好多年光棍，直到四十九岁才与一位二婚的瘸子成婚。人们取笑他：

龙塘堰上杨老毛
醒不醒来槽不槽（精神有毛病）
光棍打到四十九
讨了一个划船佬（跛子走路样子）

听了，他不生气，接腔：

桐子开花朵挨朵
我打光棍莫奈何
只要跛子能养崽
一屋大小唱山歌

这时那跛子婆姨就在他身边，妇女们齐声喊：“梅花，还不揪他耳朵，扇他嘴。”

杨老毛最怕揪耳朵，立刻站起来，边躲边唱：

老鸹要叫由它叫
风吹树枝任它摇
旁人要讲随它讲
夫妻恩爱铁板桥

他俩的对唱逗得大家直乐。跛子婆姨口里虽然“活宝活宝”地念个不停，心里却是甜蜜蜜的。

杨老毛的山歌，内容多种多样。有突出中心工作的，如：

北京城里发号召
分田分地打土豪
翻身农民手拉手
互助合作掀高潮
日出东方太阳红
风调雨顺年又丰
吃水不忘挖井人
我挑金谷抢头功

也有唱青年男女爱情的，如：

大山砍柴不用刀
大河挑水不要瓢

只要二人有情意
就看起眼动眉毛

高坡高岭秋风凉
芹菜韭菜栽几行
哥吃芹菜勤走路
妹割韭菜久想郎

这首山歌里用了同音相谐，巧妙得很。

门前芭蕉根连根
阿哥阿妹同年生
哥就像那芭蕉叶
妹就是那芭蕉心

这首则比喻贴切、得体。

半山茶树发嫩芽
哥看妹妹眼不眨
变只彩蝶和蜜蜂
妹就是那山茶花

还有劝人的：

韭菜开花细绒绒

要想嫁郎莫怕穷
勤扒苦做同心干
冷水泡茶也能浓

杨老毛最得意的是去阿拉卖甘蔗，一边卖一边学着贵州腔、四川腔，还一路高唱山歌。

阿拉营，又叫和平镇，是湘川黔三省边区贸易大集。龙塘堰的荸荠、甘蔗本来就有名。荸荠，个大、脆甜；甘蔗，光亮、节长、杆壮、水多、汁甜、脆软。本来卖相就好，再经老毛逗笑，销路好得很。去年因成亲，杨老毛有一次没去，打探他的人特别多。“那个丑话客，咋个没来？”想念他的人多着哩。

卖甘蔗，照例得头天做好准备，把甘蔗从储藏窖里挖出来，一根一根去掉泥土、杂叶，留一点叶梢。经过整理，甘蔗本色便显了出来，乌红的杆杆油光光的。把它扎起来，毛扦一插，担子便准备好了。第二天一早就赶到了阿拉营集市。

当我们婚典接近尾声时，杨老毛总算急匆匆赶到了。一进门先解释：儿子满四十天，送他娘俩儿去外婆家，水都没喝一口就转身往回赶，还是迟到了，就自罚一首歌吧。他清了清嗓门，唱：

喜鹊树上喳喳叫
张灯结彩好热闹
今天我把喜酒喝
明年生对龙凤胞

众人这才在笑声中散去。

客人散去，我望着正在收拾的妻子，满心欢喜，说不出的感激：我终于有了家了。当她提出要听我唱歌时，我高兴地拨弄琴弦，唱道：

兄妹携手入洞房
犹如鸳鸯鸟一双
好比鸳鸯鸟一对
恩恩爱爱情意长

我又轻轻地弹唱了《天仙配》插曲：

树上鸟儿成双对
绿水青山展笑颜
你我好似比翼鸟
展翅飞舞在人间

用我的琴声歌声感谢村里人的关心撮合，感谢覃老师的信赖和爱怜。

我有过两次失败的婚约。

小学毕业那个学期，我染上疟疾，当地人叫打摆子，时冷时热，高烧不退，经常胡言乱语。

我躺在床上，猛听得有人说“失火”，我一骨碌爬起来下了楼，边跑边喊：“失火了，失火了！”便不省人事

/ 边城地处湖南、贵州、重庆三地交界处

醒来后，众人围着看猴戏似的。

从此后，每走到哪里，哪里便有人指指点点，还隐隐约约传来“疯子、癫子”的难听字眼。那年我不到十三岁。

一个十三岁的孩子，该承受多大的精神压力啊。说实在话，我都好几次寻短见。

入学的时候，别人说你曾患过精神病，录取时先考虑别人；长大后，找对象，别人也拿这事揭短，打破嘴。可是，我确确实实是疟疾发作，与精神病半点沾不上边。找谁诉呢？有苦说不出。最后，母亲求爹爹拜奶奶托了好多人的面子，总算念上了中学。

我深深知道，我的读书机会来之不易，一定要为母亲争气，一定要学出个好样让人看看。

我本来就没精神病，本来就是老实巴结的土家的儿孙，通过奋发努力，我年年获奖，还能领到助学金，母亲自然高兴。

还有一位同母亲一起高兴的人。她便是邻寨的龙妹大娘。早在别人对我误解，背地里说三道四时，她就敢站出来说公道：“你们积点德吧，这样糟蹋人家孩子。那叫打亡魂摆子，我们家族中好多人都得过这病。”

这些人见她替我说话，舌下更不饶人：“哟，这么护着，又不是你家姑爷。”龙大娘不怕人抢白：“怎么啦，只要这孩子愿意，我就招他做姑爷！”

龙大娘有一个儿子，两个女儿。大女儿代珍比我小三岁，开亲结义正般配。于是她择机试探了我母亲，母亲说要听儿子意见。

那时，我在上初三，正值青春期，心里自然高兴，嘴里便答：但凭母亲作主。

母亲请覃大娘提亲，走过场而已。龙大娘体谅我们家，提出装个“小箱”就行了，那意思就是随便送点东西，表示有订婚的意思。这事就算订下来了，只等择日正式过门。

谁知好事多磨。

隔壁龙老桂首先来打破嘴：“以后女方为一点屁事都要回娘家搬是非，你这个婆婆还想自在？”

其实，这龙老桂自己也是本寨人开亲，她的儿子后来还是本队人开亲。不知她说这话是什么用意。话语不多，一个反问，问得母亲没了主意。

大约也是这门亲事注定失败。斜对门的杨春凤，比我小两岁，同她老娘田迎弟一样，专爱张家长李家短。她听说了订亲的传言，就对我母亲说：“奶奶，听说叔看上了杨代珍？你不知道，她在我们班上，手脚不干净，偷别人铅笔，被抓到办公室受教育，几天都不好意思上学……”

母亲脾性好，什么都忍得、容得，唯独听不得“手脚不干净”，更听不得“偷”字，便找到龙老桂，以“孩子要读书”为理由，连夜请他去女方家，把这门亲事给辞了。

事后，母亲才如此这般对我说起这事，我惊诧不已，说：“这事可能草率了些。你想，你儿子在村上被人说得一无是处，龙大娘不顾流言蜚语，心甘情愿大胆把女儿终身托付咱们家，临了遭这么一闷棍，她挺得住吗？我们怎么对得起人家？我怎么有脸见龙大娘？”

母亲多少有些惋惜。

母亲觉得在这个问题上有责任，为弥补过失，便托人又为我找了一个女孩，叫姚胜英，比我小五岁。已正式订婚。

可是，还是没能结婚。

说起来，又是田迎弟家作怪，他家简直就是我婚姻上的克星。

杨春凤修水库时，驻扎在姚胜英家，两人认了姐妹。也是无巧不成书。过门这天，姚胜英陪着姥姥去这位干姐妹家串门。刚见面，杨春凤就对胜英连说三个“坏了”，于是便添枝加叶地说我这孩子疯过、癫过，如何如何地说了一大箩，临了还说：“怎么就不先打探打探，现在成这样子，悔都来不及。”

姚胜英本来就嫌我大了她五岁，听了这些闲言碎语，心里更是有些疙疙瘩瘩。后来，听说我母亲被派出所抓过，难听的语就更多了。其实进派出所，那是母亲一生的荣耀和骄傲。

我这人有个坏毛病，你把我本人贬得再一无是处，再一塌糊涂，我都能忍、能让、不计较，但唯一的是不能伤害我的家人，特别是不能伤害我的母亲。这恐怕是世间做儿女的共性。现在她拿我母亲说事，等于踏到了我做人的底线上，哪还容得下？一怒之下，一纸休书，便断绝了关系。

恰在这个关卡上，我来到了龙塘堰，在圆秀婶、乔秀姨的说合下，和覃老师有了这段良缘。

覃老师是凤凰沱江镇人。

沱江镇，县城驻地，山环水绕，景色秀美。

古城北门楼西侧，有一口五米见方、红砂条石砌成的古井叫红岩井，井水冬暖夏凉、清澈见底、水质甘甜、终年不竭。

不远处，一座简陋的碾房。老旧的立式水轮车不知疲倦地“哗哗”打转，带动着石棱在碾槽里不停地画圆。守碾房的阿公眯着眼在哼茶灯调：正月哟呵呵，里来哟呵呵，是新年啦呀嗬嗨，姐妹双双呀进茶园，啦呀嗨依嗬依嗬呀嗬嗨……堰坝上，洗衣的妇女，漂布的染工、戏水的孩童、垂钓的老翁；头上，苍鹰盘旋；河里，渔舟穿行。扁舟上的鸬鹚在渔人吆喝下，扑棱棱跳进河里，钻入水中，一会儿叼着鱼儿浮出水面。岸上围观的人不约而同发出惊叹声来。一霎时，喝彩声、山歌声、浣洗的“帮、帮”棒槌声、沿街小贩的“酸萝卜丝儿”“灯盏窝”“豆腐脑儿”“碗儿糕”……的叫卖声融合在一起，组成了独特的交响曲，自然和谐，给宁静的山城平添了几分乐趣。

紧挨着红岩井，有一座面对城墙，背靠青山，古色古香的四合院，青砖封火马头墙、青瓦屋脊、雕花窗棂。门外石墩上，一边一个小石狮，形态毕真。透过大门望去，天井里大花缸里的牡丹开得正旺。进二门，过穿堂，上三级台阶，一条石板小径直达后花园。

这，便是覃老师的家，红岩井1号院。

站在大门口的石墩上，透过城墙垛口，只见美丽的沱江从城墙脚下流过。沿河人家的吊脚楼别具一格，千百根木柱顶住挑梁，再托起悬在空中的亭阁，古朴中透出典雅，堪称建筑奇迹。

出北门，是河码头，有别具特色的跳岩可达对岸。河中心的两处岩墩距离较宽，供舟船驶过。这两处宽距离岩墩上铺设活动跳板，用铁链拴住。若遇洪水，铁链拴住的跳板自动浮起。洪水退后，又恢复原位。设计奇巧，经济实用。

一条石板路从覃老师家门口，经北门一直延伸到东门，与大街小巷连通。

金碧辉煌的文庙大成殿，气势恢弘的天王庙，威严的城隍庙，阴森的阎王殿，造型别致的朝阳宫，保留完整的道台衙署膳堂，风格各异的田氏宗祠、杨氏宗祠、滕氏宗祠、印氏宗祠，

以及名人如民国第一任民选总理熊希龄、作家沈从文、画家黄永玉、军人李振军的故居散落在城区各个角落，为慕名而来的中外游客增添了景点。

城东南，有南华山，万亩林海郁郁葱葱。

林海中，那离天“只有三尺三”的观景山上的回龙阁、准提庵、奇峰寺以及“半截伸进天里头”的八角楼，青烟缭绕、若隐若现，犹如仙境一般，给古城增添了几分神秘。

城东北的雷烧坡，有辛亥革命七十二烈士义塚和纪念碑亭，向后人诉说近代史上古城人民的义举。

江上虹桥观夜景，天上繁星闪烁，河边万家灯火，令人心旷神怡，辨不清天上人间。

沙湾回水河段，有万寿宫，相传为江西富商所建。院内，遐昌阁高耸；岸边，万名塔拱卫；阁楼，飞檐斗拱；屋宇，古朴典雅，风韵别致。

覃老师小时候经常随着妈妈去河边洗衣洗菜。长大了，又常与小伙伴相邀去浅水里摸滩螺、捉螃蟹、捞鱼虾。夏季，还同姐妹们去嬉水、游泳。

沱江，看着她长大，给她留下了许多幸福美好的记忆……

真是天赐良缘。

在两村热心人的撮合下，我们终于走到一起了。

看着身边的新人，想想这天作之合，喜结良缘，我终于有了家。可是，还是来得迟了些，因为我那童年伙伴、碑表叔的儿子蓝宗德的孩子都上小学了。

这年秋天，我们告别了龙塘堰、金子江的亲人，回到了新场完小附中，住在我们原来的宿舍——天王庙耳房。

1970年2月8日，我们的儿子降临人间，为纪念他的出生地，起名泰宇。

1973年，女儿也来到这个世界。因为我们这时已搬到新宿舍，那里有一片果园，起名泰园。

1982年，覃老师调到凤凰三中工作，我随调阿拉营中学。

有意思的是，李云青用特殊方式来送行。“泰老师，最后联个对吧。”

他说着便出了上联：“校外古树参天。”我答：“室内书声悦耳。”他继续：“松——枫——桧。”我联：“读——念——诵。”他说：“世间珍稀物种。”我联：“国家宝贵人才。”

接起来便是：

校外古树参天，松枫桧，世间珍稀物种。
室内书声悦耳，读念诵，国家宝贵人才。

还没完呢，他继续：

“少有。”

我对：“难得。”

他：“嘻嘻。”

我：“哈哈。”

他：“两个疯子。”

我：“一对土包。”

他：“后会有期。”

我：“他日再见。”

/ 凤凰美景

心跳时刻酒
旅行超市

他：“告辞。”

我：“不送。”

我和李云青认识完全是“琴缘”“歌缘”。

他有次路过学校，听到树林里传来琴声歌声，便循着声音找来，站着听了好久，一曲罢，便走过来和我打招呼：“新来的青年老师吧？自弹自唱，少有！”

我们就这样认识了。后来知道他爱唱山歌，便试着自弹自编自唱山歌，他听了很高兴。

我们有时还一起探讨韵律、平仄。有一次，他找到我：“今天路过村里小学，听见里面有个字不押韵，你给评判评判。”于是，他便说起“斜”字来。我说，我们一起探讨吧。

“斜”，现代汉语普通话读音为xié，而古时读音为xiá，所以读古诗词要读“xiá”才押韵。如：“远上寒山石径斜，白云深处有人家”“朱雀桥边野草花，乌衣巷口夕阳斜”。

他听了连连点头，说：“这才讲得过去。”

我说：“还有一个字，一并同你探讨吧？六月天兵征腐恶，万丈长缨要把鲲鹏缚。这个‘恶’字是个多音字。恶：ě，恶心；恶：è，作恶；恶：wū，叹词；恶：wù，讨厌。”

李云青问：“那么在这首具体的词里是读è呢还是读wū呢？”

我说：“这首的韵压在恶、缚、角、略、跃、鄂字上，显然押得‘婆娑’韵，那么‘恶’肯定要读è，那么‘缚’也就要读古音‘搏’了。”他说：“说得有理。”

从此后，我们探讨的问题越来越深刻、广泛。

今天，他用这种特殊形式来送行，我一点也不意外。

/ 湘西州民族中学校门

1984年秋天，为了让孩子们有个好的学习环境，我申请调往县城。时任区委书记刘元斌、乡党委书记肖通树得知这一情况后，极力挽留，并亲自跑县教育局协商。

当时，第一个答应接纳我的是箭道坪的田仁芬校长。

后来教师进修学校的游联辉老师也来劝说我去他们学校。我谢过他的好意，说："我不能对不起田校长，人要讲信义。"他便惋惜地离开了。

这年9月我来到箭道坪。10月，田校长就找我谈话："教育局来电话，坚持要你去县教研室。"

我说："不去还不成吗？"他说："下级服从上级，我们已经拖延了一个多星期了。你还是准备走吧。"

我说："临走前，我把黑板报再换一次吧。"

我在箭道坪共待了差不多一个月，认识接触的人都不多，唯一觉得可作留念的是办了两期黑板报。

我在县教研室工作也不到一年时间。1985年7月，我调到自治州教科所。

1986年春，老覃调往自治州民族中学。

1988年春，我以照顾家庭为由申请调到民族中学。这期间，州教师进修学院找我谈过话，想调我去学院函授处，连住房都作了安排。因为一些原因，我没去成，田开龙院长为这事一直埋怨我，毛伯吾院长也是见一次批评一次，说不给他面子。他们哪知道，我那一对儿女还急着考大学呢。对我来说，当然是儿女的事重要。

1988年，儿子考入武汉大学，毕业后继续在该校读研，后来分配到北京大学生物系工作。

1990年，女儿考入湖南师范大学，毕业后继续在该校读研，后来去加拿大留学，现定居美国亚特兰大。

八

漂洋

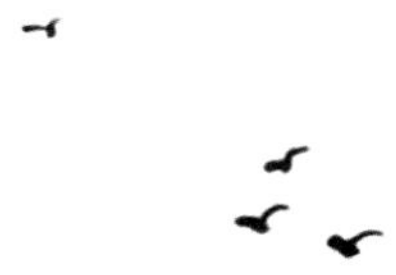

2003年，女儿邀请我和老伴去美国，我们去办签证。那时美国大使馆在北京秀水街。我们随着长长的队伍，一批一批进入领事馆。那里警戒森严，安检细致。结果，因为孩子们疏忽，忘了呈交绿卡复印件，补救肯定来不及，拒签。

为了安慰我们，儿子特地请吃海鲜大餐。

到了2004年春节，我们再次申请美国签证。

记得是一位年轻外交官接待我们。

“您好，很高兴为您办事。”一口流利汉语。

“请问，你们有几个孩子？”用词相当准确，看了材料，特别是看了外孙女襁褓中的照片笑着说：“多可爱！”

“请稍等。”拿着材料进入屏风。一会儿出来，说，“没问题，请去最后那个窗口取护照。”我们说了“谢谢”便离开。不到10分钟，工作人员把护照送了出来，里面贴着入境单。

第二次签证成功。

正月初四，我和老伴就启程了。

因为“春运”机票紧张，我们乘坐的是东航飞往洛杉矶的航班，当时正值“非典”高发期，防疫检测很严格。第一次出国，本来就担心、紧张，加上这些七七八八，心理压力特别大。

我们在候机厅里，碰见一对母子，攀谈起来，得知她们回美国，是美籍华人，并安慰我们“不用担心，我们同机，我同孩子会关照你们的。就叫我小王吧。”挺亲切。

不多时，又来了一位邯郸的同机人，姓赵。

登机后，经过几个小时才抵上海。有机场人员引导换乘，又是安检又是防疫检测，好在一切手续有小王代办，只需跟在她后面就行，办理了出境登记，进入登机口。

经过十四个小时飞行，终于到达洛杉矶。降落前，小王代我们填了相关英文表格，还再三交代，办完入境手续后去大门找她，她会带我们去换乘。

随着人流，我们到了入境大厅、等待入关。这时王小姐在不远处向我们挥手。她们是美国公民、持卡入关，方便得很，我们则还要排长龙耐心等待。

等轮到我们通关后，推着行李车，一边东张西望寻找小王，一边缓缓前行。

我叫老伴站着别动，我去寻王小姐约定的地点。几个回合都找不见人，才知道忘了问几号门，是门内还是门外。估计，她也在着急地盼望我们。

正在这时，邯郸的老赵刚好出来。我向他求援：“你见着女婿了没有？如果来了，请麻烦他带我们去换乘吧。”

老赵叫过女婿，如此这般作了交代，就领我们去“代尔塔”航空公司。我还交代老赵：如果碰见王小姐，谢谢她了。

老赵的女婿来美国多年，懂英语，问了几个警察，走了好长一段路才找到这家公司，临了又担心我们找不着登机口，又专门申领了一张特殊出入证，一直将我们带到登机口，还问要不要给孩子们打电话。我觉得够麻烦人家了，不好意思提过分要求，便推脱说忘了号码，他这才挥手告别，还不时转身看着我们。

这是我踏上美国土地后，第一位热心帮我的同胞，连姓名都忘了问，直到现在还觉得惭愧和内疚。

每当人们谈起美国，我的眼前便会浮现出这位年轻同胞：中等身材，白白的圆脸上露着甜甜的笑容，一领棕色夹克、牛仔裤，朴朴实实，亲切，热情……

飞机到了亚特兰大。

我们随人流乘轻轨去取行李。老伴先一脚上车，我一犹豫，那车门便自动关上了。异国他乡，人生地不熟，语言又不通，一个在行驶的车厢内，一个还站在那儿犯愁，把老伴吓得没了主意。

这一幕恰好让一对美国夫妇看到，他们一边比划着要她别着急，一面取消自己到终点站取行李的打算，带着我老伴提前下车，拿出电话帮助老伴与接机的孩子们联系。不久，孩子们找来，老伴深情对这对外国夫妇说了："谢谢。"

这是帮我们的第二个人。

我当时被拒在车门外，虽不懂外语，但我判断，既然这车是开往行李处的，那么我乘下一趟同样可以到达。

这样，我们一家人在行李处全会齐了。

住了半月，因为单位有事，我得提前回国。

在亚特兰大机场安检处，遇到一位台湾同胞。女儿再三委托他："父亲第一次回国，又不懂外语，到洛杉矶后，麻烦您带他去东航转机。”他欣然应允，并告诉他姓林。林太太是香河人，带着儿子来送行，也一再叮嘱他：一定要把老先生送到地。

到了洛杉矶，林先生说好些年没来了，变化大。他也是仗着自己懂外语，沿途问了好几个警察才把我送到东航办事厅，才挥手告别。

到了七月，我虽一个人出发，因为有了前两次的经验，就不那么紧张了，但是仍然靠众人相帮才安全抵达。

这次依然是东航班机。因为航班一开始在上海就延误，到洛杉矶一看，隔下趟换乘班机起飞就剩40分钟了，心里那个急不知怎么形容，一看过关的队伍，长龙似的不见动，我一数，我前面还有40多人，急人哪。

这时恰巧有一位中国人站在另一排与我并肩，他前面只有四个人就轮到他了。他见我着急的样子，主动问我：“先生遇到什么困难？”我如此这般说了，他说：“不着急，你就从警戒线钻过来站我前边吧，兴许来得及。”我说声“谢谢”便钻过去站在他前面。一问才知是浙江同胞，姓刘。

当我办完入境手续后，一看隔登机只15分钟了，向他挥挥手，一口气跑到登机口，好险呀。

谁知等我到了登机口才知道，这趟飞往亚特兰大的航班也延误。正是这延误，我认识了“马克”先生。

航班延误的预告时间挺长，还有四个多小时才登机。美国东西部的时差大，等四个小时，再加上飞行时间，到亚特兰大该是半夜过了。我担心孩子们着急，就想找个中国人帮忙打电话。偏巧这么大的候机厅连个黑头发人的影子都找不着。

我一边走，一边寻，看见一个外国老人坐在椅子上对我友好地笑了笑，我也点了点头，走过去，抱着试试看的心情同他比划，并拿出电话号码给他，他明白了。

电话通了，他递给我。

我告诉孩子们航班延误的消息，并告诉他们是一位外国老人帮忙联系的，待会儿你们感谢人家一声，说完把手机递回。

老人听着对方的回话，现出惊讶的神情，并不时用眼睛盯着我，又把手机递过来，只听孩子们在电话里说："无巧不成书，你与我们邻居马克先生遇上了！"我也惊讶不已，连说："还有这样的巧事！"

我把手机递过去，用英语说了声"闪克油"。

就这样，我与马克先生同机回到了亚特兰大，顺利地同孩子们又见面了。

这位马克先生，与美国前总统卡特是表亲，曾两次到过中国，能说"您好""谢谢""没关系"等几个简单的汉语词汇，为人热情、和善，同孩子们是紧挨着的近邻。上次来的时候，他住在孩子家，时间短没机会照面。不想这次竟这么巧。

更巧的是，我以后还遇到过两个叫马克的人。为了叙述方便，按他们出场先后和年龄大小，就叫老马克、大马克和小马克。

由于这次巧遇，老马克成了我在异国他乡结识的第一位外国朋友。

老马克是一位退休工人，年近七旬，身材高大，性格爽朗，有一子一女，分开住。他到过中国两次，对长城、兵马俑特别感兴趣。当我准备把一幅有长城图案的土家织锦赠给他时，他和太太都重新着正装领受，严肃得很，他只有在上教堂做祷告或参加婚礼、葬礼时才着正装，可见他对这件礼品的重视。

他把一面美国小国旗作为答谢赠给我。

老马克是园艺高手，每天都在草地里滚爬，侍弄花草，不是剪枝，就是浇水。一周照例要割草一次，那草简直同绿地毯一样，平展展、厚绒绒、软绵绵，非常美观。

美国同中国不同。在中国是禁止践踏草地的，而老马克却欢迎孩子们去他家草地上踢足球、打羽毛球，得空时还给当裁判。

他培育的花，鲜艳得很、开花早、花期长。他每天都会把一束鲜花摆在他们家信报箱上，然后坐在车库门口，等着邮递员送信报。有时，也隔三岔五地把鲜花送一束到我们家，以示友好。

他还经常在小区巡逻，指导需要帮助的人家种花种草。远亲不如近邻，孩子们当然得到了他许多帮助。

美国人每户人家门口都有一个信报箱，侧面一根活动红箭头指针，竖起来表示这家住户有贴好邮票的寄件。每天，邮局都有专车专人来送取邮件，人们寄送邮件不必上邮局，方便省事。邮箱上用醒目的大字写出房主人门牌，我们孩子家的是221，对面德国人的是222，斜对面非洲裔家的是220，老马克家则是219。这个小箱子，既是信报箱，也是房主的门牌。

美国人出门，都是以车代步，车库的门是常开的，反而走大门的次数很少。

老马克家的车库在正房左侧，我们家车库在正房右侧，我们两家车库的门正好面对面，中间隔着车道相对相望。两车道之间，种了一排松树当隔离带，这便是两家人的分界线。房前房后都是草地。草地边缘植树为界。

我们两家房后的草地上加起来近二十亩，边缘像原始森林似地长满了古树，爬满了枯藤，还有松鼠蹿上跳下，一点也不怕人，小灰兔也在草地上奔跑。空中，苍鹰盘旋，枯枝上老鸹叫、斑鸠鸣，显得几分阴森。这条原始林带便是我们两家与屋后人家的“国界”。

我和老伴都是闲不住的人，便在这“国界线”的不显眼的角落边披荆斩棘、垦荒种菜。

亚特兰大是美国南部的港口城市，也是美国南北战争中唯一遭战火洗礼的城市。这里的气候条件与国内南方差不多。土地肥沃，不种点什么都觉得是资源浪费。

于是，孩子们便从朋友家挖来韭菜，我便把韭菜老根剪掉，栽上了第一厢菜。

清明临近，根据“清明前后，种瓜点豆”的农谚，用薄膜盖着花盆，育了辣椒苗、西红柿苗、黄瓜苗。

到了5月，把垦过的地加以整理，又从超市买来肥土垫底，移栽了两厢西红柿、两厢黄瓜、三厢辣椒，还种了两厢长豆角。屋后还种了一长溜丝瓜，还有苦瓜、冬瓜、茄子，一天浇一次水。

到了7月，黄瓜首先成熟，紧接着豆角吊起了长条，西红柿也挂满了红果。

8月，辣椒也红了，还是朝天椒，一簇一簇的，招人喜爱，那丝瓜、苦瓜更是结得傻气。

红辣椒、绿丝瓜、长豆角、圆茄子……十分可爱，连老马克这个园艺家都十分羡慕，见了面常常伸出拇指，表示赞赏。还要孩子们翻译他的意愿：这也是田园美。

见他心情好，我和老伴高兴地陪他参观，并一样一样地指着这些蔬菜任他挑。

他满心欢喜地挑了几根黄瓜和几个西红柿。其他的如辣椒他不敢要，丝瓜不会炒，苦瓜更不吃。最后，我还是摘了一把长豆角，比划着告诉他怎么吃，他这才把长豆角也放进篮子离开菜地。

第二年，老马克找到我，比划着要我教他种菜。这样，在他家后院的花盆里栽了几株西红柿和黄瓜苗。他宝贝似的天天像看护婴儿似地侍弄，菜苗长得特别好，果实也特别鲜脆，他高兴得什么似的。后来听孩子们说，他每年都在后院的花盆里种菜，已成了他的习惯，但是一直舍不得垦地种菜。他说那样会把他的草地破坏了。因为在美国，草地就是这家人的脸面。

我们到来后，孩子们为了陪我们玩，常常把假日积累起来，或去佛罗里达的吉尼斯乐园，或去南卡罗来纳的的航母基地，或去旅游胜地夏威夷，或去赛瓦纳、科罗拉多大峡谷，也去纽约、芝加哥、华盛顿……，一去都是好些天。

回来时，哪怕是半夜，老马克都会把一个大编织袋送过来递到孩子们手上，里面塞满了信件、报纸、杂志，这是由于信箱设计小，容不下好几天的邮件，他便找来编织袋，把每天送来的邮件放在袋子里不让丢失，又担心耽误要紧信件，每次只要一听见这边有动静，都会及时把邮件送过来。

孩子们不在家，他还会来这边帮忙把垃圾桶推出去摆在车道旁，待清洁车把垃圾运走后，再帮忙把垃圾桶拖回来冲洗干净，放回原处。孩子们说，他就像亲人那样，关照着我们这个中国家庭。

孩子们自然感激不尽，每次度假回来，都会带来旅游地的土特产孝敬他。他逢人便说：我有一家中国朋友。

他也搞“礼尚往来”，当实在拿不出中国人喜欢吃的东西时，便会同太太驾车去很远的农场买时鲜水果蔬菜，桃、苹果、甘蓝什么的送过来，有时还自己动手做一盘糕点送过来，做工讲究，外观看起来特漂亮，比商店的还耐看。可是孩子们不喜欢吃，原因是糖放得太重，吃着粘口酿心。原来，不光盐咸了不能吃，糖放重了也难吃。孩子们只好把这糕点拌在稀饭里吃。

老马克家的草地，半截杂草都没有。在美国人眼里，草地里的葱都算杂草。我初次去的时候，见他们把胡葱当杂草觉得奇怪，后来一想，外国人做西餐，用不上胡葱为配料，就明白了。

外国人爱草如同中国农民爱庄稼，施化肥、打灭虫剂、一周一修剪、一天一喷水，不但草长得绿茵茵，就连那胡葱都像国内“炕葱”那样粗壮。我就去草地里拣那粗的一挑，想不到那葱头就像藠头似的，又白又大。我想，这扔掉实在太可惜了。我把它们收集起来，洗净、晾干、切碎，学着奶奶、母亲的法子，隔绝空气发酵，用它炒肉、肉末，酸中带甜，散发着浓郁香味。我用一个小食盒盛一点给马克送过去。他先是闻了闻，用手指挑一点放到嘴里，再挑一点放进嘴里，连说“雅米、雅米”。以后凡是我们炒酸葱头都会给他送一碗过去。

一次，朋友们聚餐，这道酸葱头炒肉丝备受欢迎，都请教这菜的做法，我如实告知，大家惊愕不已，纷纷请教，把原料制作都一一储进电脑。就这样，我把奶奶和母亲的土家饮食带到了美国。同时带进美国的，还有其他饮食文化。这一点，连我自己都不相信，奶奶和母亲就更想不到了。

美国吃牛肉，就只牛排土豆，单调得很。

我去之后，一样一样试着为孩子们制作不同口味的牛肉食品。

松花牛肉

将牛肉锯片，改丝，改丁，剁碎成末，备用。

佐料：花椒、姜末、麻油、蒜头片、三苍油、蚝油、酱油、食盐、干椒。

做法：大火热锅，放植物油，牛肉末翻炒后盛漏勺内，用剩油依次放花椒、姜丝、蒜头片，翻一下。放干椒段，把漏勺内的肉末倒进去，淋上苍油、蚝油、麻油，撒香菜段，装盘。

特色：香味浓郁、肉末如松子般、口口入味。

炖牛肉

将牛肉洗净、切块，料酒酱油腌渍半小时。

热锅下油，把肉块倒入锅中，放姜片、花椒翻炒。待肉变色后，渗水，大火烧开，改小火炖45分钟，捞出。肉汤可用来煮粉条、面条。

锅加热，把炖好的牛肉倒进去，加山苍油、蚝油、辣椒、香菜。

特色：肉软、味香、老少皆宜。

卤牛肉

大块牛腱肉，整块用清水加三奈、八角煮透煮熟后，横刀切片，放入大盆内，加酱油、麻油、蚝油、姜末、芝麻、葱花、辣椒油，搅拌均匀，让其入味，撒香菜段，即可食用。

牛肉的三种吃法，是母亲在学校当工友摸索出来的。那时，耕牛是农家宝，是农人的代耕工具，看得比什么都重要，有的甚至为保护好耕牛不被抢劫偷盗，把那牛栏就安在屋内，与主人同住一间屋。除夕夜，还得给牛送一碗大米饭，感谢它一年的辛劳。除非是它老死，谁平时舍得杀役牛？就是那牛老死了，主人还得烧香烧纸敬了以后，才含着泪让屠夫开剥。

这种老牛的肉吃不动，嚼不烂，于是母亲便摸索出了这几种食法。

我在美国展示了这几种牛肉食法，自然受到赞赏，讨教制作方法的人更是不少。

美国人爱吃土豆，一是烤、二是泥、三是煮片，我就想起小时候看见母亲把土豆洗净，在砧板上先切片，再快刀切丝的情景，她右手银镯碰在到刀把上的叮当声，刀撞在砧板上的“咣咣”声，刀口发出的“刷刷”声，至今还在耳边响着。

我照着母亲的法子，把土豆丝盐渍10分钟，拧干水，放在炒锅里翻炒时，滴几滴醋，不粘锅，不焦煳，清爽原味。

肉丝土豆

瘦肉切丝，土豆丝盐渍拧干。大火、热油，肉丝入锅翻炒，加土豆丝快炒，加佐料即成，爽朗不沾不糊，颜色对比分明、光亮、味鲜美。

这里幼儿园有个不成文的规定，孩子们的中餐由孩子家长轮流提供，品种不限，只要达到一人一份就行。轮到谁家，学校有计划表通知。

轮到我们家时，女儿女婿没时间动手做，往往按数买几袋糖果、薯片什么的送去。

我和老伴到了后，就想动手做点有中国特色的食品在外国人面前展示展示。

一摸底，得知这个班共15个孩子：三名中国籍、四名印度国籍、一名马来西亚国籍，其余都是美国人。

这样看来，得中西结合，以甜为主。

买来一个老南瓜、四斤大米粉、两斤糯米粉、一斤白糖。南瓜去皮去瓤、蒸熟、捣成泥，加米粉、白糖、酵母，拌匀和散，正常发酵。天不亮，将发酵的原料团成小团，上甑大火蒸40分钟，前后蒸了三锅，放冷，用小袋每袋装2个。17袋，每人一袋，还替老师备了两袋，再装入大袋，随校车带走。

放学回来时，孩子们带回了密斯朱丽的亲笔信，翻译出来的文字是这样的：

我们今天吃到了出自中国人之手的世上最美的食品，可以载入校园的吉尼斯。

谢谢谷阿巴，谢谢谷阿玛。

密斯朱丽

2004.8.16

我还给马克家送去几个尝鲜，他也是赞不绝口。当然，给他送去的是翻倍地加了白糖的。

没想到，一个简单的南瓜窝头会这么受欢迎，备受赞赏。

自然，讨教的人又上了门。

马克还特地把我拖到他家，手把手教他。听孩子们说，马克家十天半月，也会吃一次中国南瓜窝头。他还把这窝头的做法传授给亲戚朋友，使这发酵窝头在这个社区传播开来。

马克先生是一位虔诚的基督徒，每个礼拜都会携着太太一同前去教堂。平时，他穿着简单、朴实，短衣短裤。附带说一句，这里的蚂蚁、蚊虫特别厉害，若被叮上，马上一个大红疙瘩，七八天不散，痒得钻心。我们去外面都得先涂防护剂。马克先生平时短衣打扮，整天在草地里滚爬，蚊虫、蚂蚁都不叮他，这也是件奇事。

别看他平时穿着随意，可一到礼拜日，必定是西装领带，正装前往教堂雷打不动，风雨无阻，其坚定信念，可见一斑。

马克的业余爱好是弹吉他。

每当茶余饭后，便会从他家后院传来歌声，虽听不懂唱什么内容，但那旋律中却是柔和中带着欢乐。

这就是孩子们的邻居，这就是我在美国接触的一位普通劳动人。他和善、热情、真诚、乐于助人，对中国人充满着友善。

签证期限早过了。我们向他比划着乘飞机要回国时，他和他太太眼圈顿时都红了，并要孩子们翻译：下次来的时候要把中国吉他带来，一同合奏一曲。

我答应了。

最近一次去美国，我们家搬了新居。孩子们特地安排去看他，这才知道他得了不治之症，人消瘦了许多，但精神如前。他太太也行动不便，坐了轮椅。

孩子们当翻译，两边传话。

当听说我们要赠送礼品时，马克先生连忙站起来，推着太太进屋，着了正装才出来。

赠送礼品毕，又合了影，便取出乐器，他弹唱美国歌谣《玛丽的小羔羊》，我回敬《康定情歌》，两人合奏联唱《生日快乐》，最后我用英文弹唱《苹果我爱你》，得到热烈掌声。出于礼貌，我又弹唱了《土家十八弯》，这才作别。告别时，大家双双拥抱，愿他早日康复。

一年多了，从孩子们电话中，得知马克先生恢复得很好，活得很顽强，并转答了他对我们的问候，希望能再相会。

那年朱镕基总理出访加拿大，孩子们荣幸地受到接见。与总理站前排的，有两位着红衫的女生，其中一位便是泰园。女婿李江站最后一排。得到总理接见，是孩子们一生的骄傲，一生的荣耀，一生的幸福。

就是这次总理接见留学生的照片刊发后，泰园与一位加拿大老太太的女儿莫雅结了缘，从而引出了第二位马克，叫他大马克吧。

老太太是加拿大人，她的女儿莫雅与大马克结婚，住美国北卡罗来纳州。他们夫妇本来有两个活泼可爱的男孩，又通过正常渠道、合法手续收养了两名中国孤儿，其中一个是湖南儿童。

老太太这天看新闻，知道朱总理是湖南人，旁边那位穿红衣的也是湖南人，想到那外孙女也是湖南人，感到格外亲切，便通过电视台记者找到了泰园，坚持要这位女留学生上她们家去，并与莫雅结成姐妹。

这样，我便与大马搭上了。

大马克是公司的高级管理人员。因业务关系，多次到过中国，不仅汉语流利，而且了解中国，还能做中国菜，同我有几分意气相投。我同他交流，一不费劲，二很投机。

我们到来后，他多次带着家人从北卡罗来纳州来看我们，交流了几道中国菜的做法。

他特别喜欢吃中国的红烧肉，但不会制糖卤，幸好我跟爷爷和母亲学过制卤，不然，一学剃头就遇连鬓胡了。

马克虽能流利讲汉语，但不能正确写汉字，因此要靠女婿翻译过去，他才用英文记下。

他觉得今天的松花牛肉很对味，又翻译了松花牛肉的原料、佐料、做法。

这人很细心，连佐料几克都要写上。我哪算过克数？只好大致估计个数字，要女婿翻译给他听。

他太太领养小女儿去过四川，对四川的小吃米豆腐情有独钟，于是我又讲了米豆腐制作方法，佐料配备。

讲到芥末这味佐料时，翻译又成问题了，英语里哪里去找这个词？最后只好告诉他，去中国城问，也许有这味料，但是别人要骗你，就难说了。他笑了，他知道中国假冒伪劣的东西多得很。

他那岳母老太太吃了酸萝卜后，"雅米雅米"赞个不停。为以后更好地孝敬老人家，他特地又学习交流了酸萝卜的制作方法，食用方法。

两个中国女孩吃什么都不在乎。只有那两男孩吃什么都不对味，大马疼爱孩子，只好驾车去超市买来薯条薯片，这才皆大欢喜。然后，我们在门外照了张"两家亲"，那背景露出的屋角，便是老马克家的房顶。

圣诞节前夕，我们收到大马的邀请，要我全家去他们家过节。

圣诞节在美国相当中国的春节，家家布置圣诞装饰，到处张灯结彩特别隆重，也特别热闹，特别是小孩子，盼圣诞早日来到，因为这一天，可以收到很多圣诞礼物。

到了他们家，刚好他们从教堂回来，简单用过午餐，大马便忙着准备圣诞餐。

看看帮不上忙，我便走了出来。

这时，客厅里播放美国制作的动画片《木兰从军》，孩子们看得津津有味，眼都不眨。

不知是天性还是灵感，两个女孩子见了我们这帮黑发同胞，多了几分依恋和亲热，虽隔有语言障碍，但亲情却没有障碍。

莫雅取出《收养证》让我看，上面除盖有中华人民共和国民政部的鲜红大印外，还有彭佩云的签名。

看了证书，我才知道两位女孩都是孤儿。两位女孩的年龄差是五岁。就是说，当年领养的时候，小女儿只是个刚满月不久的婴儿。大马夫妇这几年来付出的心血，代价不小。要知道他们自己也还有两个仍需照顾的小孩。

看着眼前的生活环境，我无不感慨地说："孤儿是不幸的，万幸的是他们遇上了好人家，一辈子幸福！"

泰园将这话翻译出来，莫雅高兴地笑了。因为这赞许来自中国人，得到了中国人的肯定：心血没有白费。

为了让几个孩子有好环境，也为了不拖累先生，她毅然放弃工作，做专职太太，还专门请中文辅导员为两个女孩教汉语。她还说，不能让孩子忘了她的国家，不能放弃母语。

她还多次对泰园说："孩子长大后，会尊重她本人意愿决定去留，不管她们到哪里，只要记住有位外国母亲就行。"

正想考考两个女孩汉语状况，马克把我拉了过去，原来他要开始做中国菜了。

教堂的钟声响了：当——当——当——

他家的门铃也响了。

进来一位黑皮肤青年。

老马除邀请我们外，还邀请了这位黑皮肤小伙子。他那岳母老太太则在平安夜就去了加拿大大儿子家。

大家顺次入座。泰园领着孩子坐客位，女主人领大女儿坐主位，小女儿靠在它右手旁的童椅里，那两个亲生儿子则在厨房角落里的小桌上落座，不上正席，可见他们夫妇对两个养女的看重。其余人等分坐两厢。所有人都戴上圣诞帽、摸圣诞包，然后一声“阿门”便开始用餐。

今天的主食是：烤火鸡、牛排、土豆泥、面包，两道中式菜：红烧肉、鸡蛋肉饼，饮料有啤酒、香槟。

外国用餐都是自助形式，能吃什么，喜欢吃什么，你尽管吃个够，不像中国那样邀来劝去讲斯文。

一声“阿门”后，大家便刀叉并举，各取所需吃起来，那两位小男孩在角落里的小桌上随便吃了点什么，便又去看《木兰从军》去了。

我吃了根牛排，又尝了红烧肉，味道真的不错，卤得恰到好处，便想活跃一下气氛，于是对着大马说：“大马同学，今天的卤汁确实不错，这门单科成绩应该给100分。”

马克不需翻译，听了我的夸奖，笑嘻嘻地站起来，双手抱拳：“马克谢过师傅！”那滑稽动作，那地道的京腔，把老伴和孩子们都逗笑了。我连忙起身，抱拳：“岂敢，岂敢。”屋子里充满了笑声，只有那黑皮肤小伙摸不着头脑，见大家笑也跟着笑。

临别，马克拿出一本他刚刚制作的日历相赠。

打开一看，共六页，每页上方都配有我们两家的生活照，设计新颖、做工精致，很符合他性格。我连说了几个“闪克油”。

这本日历，我一直珍藏着。

此后不久，他们家便去了洛杉矶。

这是我在美国认识的知识分子和他的家庭，虽了解不多，但他们家的那个圣诞节却令我至今不忘。

圣诞节不久，孩子们又搬到了一个新社区。

这个社区绝大多数是亚裔人，以韩国、印度人居多，我们家信报箱的编号是7145，左侧邻居依次是印度人、韩国人；右侧邻居是美国黑人、中国江西人、印度人、美国白人、马来西亚人；对面从左至右依次是：咱们国内的广东台山人、天津人、上海人，日本人，韩国人。社区共十三户，相当于中国的一个居民小组。十三户居民中，中国人占了优势。再往远处伸展，就是其他的居民小组了。

我们的到来，给他们带来思念，带来了乡愁。大家约定，为我们洗尘，举办聚会，借此显示中国人的凝聚力和影响力。

聚会地点就在我们家的新居。

记得那一天，大大小小来了五十多人，除本街的几位外，还有南卡罗来纳州的谢顺平、康怀英，北卡罗来纳州的徐吉龙、何琼、夏继松等。

来这么多客人，照例是我掌勺，还不需帮手。

在国外请客，不像国内编桌编席。一张长西餐桌，食品往上一摆，除老人坐在桌边，小孩另开一张小桌外，其余人等拿着一次性杯盘、刀叉、挑一盘，随便找个地方站着，边吃边聊，吃完了又添，吃自助餐似的，自如自在。客人方便，主人省事。完了用过的盘杯往垃圾袋一扔，省去许多麻烦。

饭后，便是东南西北，国内国外的聊。

话题离不开祖国。大家都认为能有今天，功归改革开放，她给祖国带来了活力，也让海外的人扬眉吐气。

“国内物价稳定，市场繁荣。”

“我这次回去，感受最深的，国内理发再便宜不过了，猜猜看，理这发多少钱？”

“猜不着，理个发还卖什么关子！”

“人民币五元！猜不着吧。”

“在美国理个男发还得十美元呢。”

……

这时，有人提议：“请老爷子来一曲吧。”

我欣然从命。于是，站在门口的阳台上，便弹唱起来：

来宾来客排对排
自弹自唱上了台
今天不把别的唱
土家山歌唱起来

当时，我穿的是印有“土家风情”字样的短袖衫，登时有人喝彩：“切题，切题。”

接着弹唱：

树上喜鹊叫喳喳
手足同胞聚咱家
只求骨肉叙乡情
休论牛肉炒苦瓜

众人掌声四起，还夹着“说得好，说得好”的喝彩声。

这时，孩子们提议唱《老爸老妈》。

我虽怕大家伤感，不想触动那根神经，可还是把弦定到了“E”位上，唱了起来：

家中的老人惦念你

远方的儿女
家中的老人惦念你
远方的儿女
漂洋过海
异国他乡
生活咋样

我刚起过门，女儿女婿接上了：

远方的儿女问候你
老爸老妈
远方的儿女问候你
老爸老妈
不用担心
不用牵挂
我们已经长大！

我接腔，继续弹唱：

家中的老人思念你
远方的儿女
家中的老人思念你
远方的儿女
举目无亲
艰苦创业

可曾想家？

这时，我已满脸泪水，人群中传来呜咽。

孩子俩继续唱：

远方的儿女问候你
老爸老妈
远方的儿女问候你
老爸老妈
祖国强大
亲人支持
勇闯天下！

我忍着泪水，继续弹唱：

祖国亲人叮嘱你
远方的儿女
祖国亲人叮嘱你
远方的儿女
跑遍世界
浪迹天涯
别忘是中国娃

孩子们也忍着泪水，继续唱。因为每段开头都是相同反复，所以听众当中也有跟着唱，因此，这一段差不多是众人合唱：

远方的儿女回答你
老爸老妈
远方的儿女回答你
老爸老妈
树高千丈
叶落归根
永远爱咱中华
永——远——爱咱中华！

曲终，唱的人，听的人都饱含泪水，一片呜咽，半天才想起鼓掌。“太让人感动了！太让人感动了！”

后来，这事传到中文学校。校长找到家里来，邀请我去中文学校为孩子们表演。除了弹唱《老爸老妈》外，还为孩子们弹唱了《我是中国娃》。

歌词是这样的：

我是中国娃
黑眼黑头发
黄土高坡是咱爹
黄河是咱妈
我是中国娃
住在长城下
喝的小米粥
吃的高粱粑

我是中国娃
最爱古文化
唐诗熟读三百首
《论语》能背下
我是中国娃
文明走天涯
跑遍五湖和四海
都说普通话
我是中国娃
爱咱大中华
为了实现复兴梦
甘把热血洒

这两首歌唱罢，反响强烈，很快在社区华人中传唱开来。

我每天给孩子们做完早餐，送他们上了校车，便没事了。搬张小凳子，坐在门口阳台上弹唱，对门祖国广东台山的老太太，马来西亚的叶太太，韩国老太太都会围上来听。

台山老太太八十多岁了，听她说话费劲得很，跟听外国人讲话似的，但她能听懂我们说话，也喜欢听我弹琴，见了我老伴一声“哈罗”，便做个弹琴动作，意思是说“叫老头子来一曲吧”。于是我会为她弹专场，她也会随着旋律、摇着脑袋、打着拍子，高兴得不得了。他乡遇亲人，哪有比这更高兴的事。

叶太太是马来西亚人，全家都说汉语，估计其先祖就是华人。她每天都要散步，都会找老伴聊天，大半也是想来听弹唱。

韩国那位老太太，言语不通，交流不便，但音乐是最好的交流桥梁。只要听到琴声，她也会踱过来，用脚踏着节拍。后来我试着弹唱了《卖花姑娘》。这首朝鲜族旋律的曲子似乎调动了她的民族乐感。

有时，对面的唐先生如果正好休班，也会过来聊上几句。

唐先生，五十来岁，天津人，两个女儿分别在读研读博。

唐先生来美国多年，是个勤劳、朴实的人。看他割草简直就是在看艺术表演。他先用切边机把草地四边四角切得齐齐整整，再慢慢推着割草机笔直前行，那身后便出现两道平行线来，行对行、线对线，跟比着直尺画的直线一样。然后，用吹风机把断草吹走，保持地面、草地洁净。临了，还用修剪机再检查一遍。

他家的草地齐整整、绿茵茵，就像我们江南农家育出的秧苗那么嫩绿，齐整得令人觉得可爱，但与老马克家草地相比，还是欠一着，缺少了老马克家的厚绒绒。

他的邻居是上海女人，有一子一女。这女人很能干，也很辛苦。除了上班，教育子女外，也动手割草。在美国，一般十天左右就要整理一次草地，否则，草长长了，居委会要干涉。

她们家的草地虽不大，但由于她忙不过来，那草地只好今天抽空割一点，明天抽空割一点。这边还没侍弄好，那边的又长起来了，总是参差不齐，稀稀落落，与唐先生家的形成鲜明对比。

好几次她割草时，天空电光闪闪雷声隆隆，要有大雨的样子，我都替她捏一把汗。可是，天可怜见，雨到底没下下来。

听说她离异了。

一个男人在外国都不容易，何况一个女子呢？

我写她，主要是想通过她的境况告诉人们，不要认为一出国就有多好，其实在国外的人也挺不容易，完全靠实力靠打拼。

她的儿子在读初中，才十三岁就一米七的个头，英俊、文雅，很想跟我学琴。由于我的签证期限快到，没学成，留下遗憾。

想学琴的还有右邻居家的孩子。这家子是美国本土人，父亲皮肤黑，母亲皮肤黑，三个孩子更黑，还有一只叫赛克的小狗也黑。

每当我在阳台上弹琴，只要做完功课，他们兄弟仨都会带着赛克出来，一边玩足球、玩滑板，一边听我弹唱，还会和着节拍手舞足蹈。小狗赛克则在人群中蹿来蹿去。弹罢一曲，他们会鼓掌，很懂礼貌，口里还说汉语“谢谢”。这是他们从中文学校学来的汉语词汇。当局有规定，除学本土英语外，每个学生都要选学一门外语。于是，学汉语便是他们的首选。

孩子的母亲能干、漂亮、人缘好、交际广，当个女干部绰绰有余，却与我们左邻的印度人结了仇。

听说印度人种族歧视，骂他们家是黑鬼。这女人哪受得住，恶语相还，互相谩骂，差点动手，幸好警察来得及时，加以制止，否则，非得闹出点什么事来。警察弄清原因，对印度人家罚了款。

这印度人在十三户居民中，也算个居民小组长，从此威风扫地，记恨在心，可又生怕他家报复，把一对儿女关在家中，闭门不出。外面再怎么热闹，都看不见他家孩子身影，连上学放学都是亲自车接车送，不乘校车。

这个社区，规模大，住户多，要不邮箱编号怎么会是四位数呢？

社区四周古树参天。区内车道纵横，一座座小洋楼就掩映在绿树丛中。

天上，湛蓝湛蓝、苍鹰盘旋、群鸟飞过；地面，绿草茵茵、鲜花开放、环境幽雅。

整个社区，分成两大块。西区，住户二百多家，内设公共泳池、三个网球场、两个排球场、一个篮球场，还有一个小花园和儿童活动区。东区，住户八百多家，面积比西区大了四倍，内有公共泳池、八个网球场、两个排球场、一个篮球场、一个超大足球场、儿童活动区的规模和设施都远远超过西区，还有五千米的环山跑道。

这些公共设施附近周边同样古树参天，像原始森林似的，我和老伴多次去这些地方拾蘑菇，捡山核桃。

森林里面，枯树败叶堆得老高，倒下的枯树横七竖八，终年不见阳光，湿漉漉的。我们像探险队员那样，用木棍拔出一条路来，一段一段前进。不大一会儿，筐里的蘑菇盛不下了，袋里的核桃也盛不下了。老伴说："给松鼠留一点吧。你没见那几只小松鼠正瞪着我们。"有一次，我们还意外地抓获一只乌龟，把它带回家养起来。

东区规模大，网球场设有看台，显得空旷。我常去那边弹唱。

听到琴声、歌声，那正在跑步锻炼的、练球的、遛狗的，都会放慢节奏、侧耳细听，有的还会围上来，不时竖起拇指，说声"OK"表示赞赏。当然，我弹唱的内容，只有华人才听得懂。他们会围在周围，听完一曲又一曲。有时，也会乘曲间空隙聊上几句。

"先生，这是月琴吧？"

"先生是哪省人？"

"先生，这玩意容易学吗？"

"先生要常过来唱唱。"

他国遇知音，满面泪淋淋。我答应他们，只要有空，都会来东区玩，也欢迎他们去西区玩。半年下来，我结识了不少华人朋友。

在从东区回来的路上，一群墨西哥小伙子把我拦住，比比划划中，知道他们要我为他们表演。我当然不能推辞。

他们搬来一张小凳让我坐。我比划着说站着唱更有激情。第一曲：英语弹唱《苹果我爱你》；第二曲：英语弹唱《生日快乐》。

因为是英语弹唱，所以他们也跟着一边唱一边跳，周围人家听到歌声都跑出来瞧热闹，气氛热烈，有的还拿出手机录视频。

英语歌曲我只会这两首，只好反复弹唱，改成高八度，他们也随着唱高调，把这个别开生面的路边演唱会推向高潮。

中文学校小王老师，爱文艺、喜表演，对我说："叔，我有一个段子，老找不到合适搭档。我想请你配合，不知肯不肯帮这个忙。"又说："这段子纯属娱乐搞笑。"

我一边看脚本，一边说："唱歌什么的我可以勉强瞎凑合，这段子么恐怕难胜任。"

他见我有推脱之意，不肯罢休，连说带劝："就权当成全晚辈这一次吧，实在找不出第二人了。"

我看推不掉，只好说："那就让叔出一次丑吧。"

谁知演出相当成功。我这夹着湖南腔的普通话还真逗得观众直乐。尽管过去了许多时间，我还仍然记得其中几节台词：

"叔，你来北京游过哪些山？"

"西山、香山、牛栏山！"

"哪些河？"

"黄河、恒河、尼罗河！"

"问的是北京。"

"清河、运河、护城河！"

"哪些宫？"

“天宫、地宫、太阳宫！”

“北京、北京。”

“文化宫、少年宫，还有故宫、雍和宫！”

“哪些殿？”

“缅甸、马甸、周口店！”

……

这里故意同音替代，混淆视听，把观众逗得直乐，达到预期效果，把小王喜不自胜，逢人就讲“老爷子还深藏不露”。

中文学校给外孙女一个任务，要外公在她原来的基础上，加紧训练，希望能有一个弹唱节目。

外孙女原本在学小提琴，后来又试学这古琴，能弹简单中国歌曲，但是要自弹自唱不是件容易的事。

后来，我就想：表演时，先弹几首简易中国歌曲，让观众领会这种乐器的基本表现力，让他们明白，这就是中国吉他！然后，改成快板乱弹，并自弹自唱，让人感觉到：原来中国吉他也有魅力。

这样，既达到演出效果，外孙女也减轻了难度，她还有游泳任务。我把想法告诉校长，校长说：“时间短，任务紧，不能再往一个十岁孩子身上压重担了。”

于是，我按这个思路展开训练。

演出那天，小孙女身着小旗袍，扶琴上场，先弹了《康定情歌》、《月亮》，再快板乱拨，自弹自唱：

我是中国娃
生在加拿大

虽然在外国
仍说普通话

琴声戛然而止，小孙女站起身来，扶琴致意，赢得满堂喝彩。不经意中，宣传展示了中国乐器。谁知高潮还在后面。

小外孙艾登才六岁，平时看见姐姐在弹练，也不时在旁边问这问那。为防备他捣乱，也教了他几句，但距离拿去演出还差得远。

这次演出，妈妈陪着来。外孙女下到后台，艾登接过琴，谁也没想到，他抱着琴就奔前台。观众见一小男孩出场，便静了下来。

报幕员一看架势不对，正想上前去拉，谁知这时琴声起处，小男孩弹出“多多多索”的旋律，随着这简单的旋律，他念：

外公外婆
来到美国
教我唱歌
送我上学
我爱外公
我爱外婆

念完，转身下到后台。报幕员惊奇不已。

观众席上传来热烈掌声，那奶声奶气带着洋腔的普通话给人留下了深刻印象，宣传了汉语，为中文学校增了光。

《亚特兰大新闻》中文版对此作了报道。大家这才知道，这对小姐弟还是泳池里的少年高手呢。

签证期到。回国后陪着小孙女桐桐玩，经常弹些歌曲哄哄她，哪知这孩子对音乐特感兴趣，于是买了把玩具吉他哄她。

没想到三岁的孩子，记忆力就那么好。

“爷爷，你唱那个‘饼’。”老伴想半天，才悟出原来是“唱《我是一个兵》”。

“爷爷唱泥巴裹满裤腿。”这句好理解，要听《为了谁》。

“唱，看个狗。”这是要爷爷唱《纤夫的爱》。

“爷爷再唱带来！”这是要唱《青藏高原》，里面有“是谁带来……”

后来，她学了正规的钢琴，我们就少了许多事。于是，我便背着琴，上颐和园、圆明园、紫竹院、动物园、香山、百望山、大觉寺……一边玩，一边弹唱，结识了不少老年朋友和音乐爱好者，使退休后的生活更加充实。

孙女上幼儿园后，又去了一趟美国，巧得很，遇上了第三个叫马克的人，这便是小马克。

前几次赴美国，都是由洛杉矶或芝加哥转乘，这次要在纽约换乘。

纽约，美国第一大城市，是全球经济中心，也是航运中心。

到了纽约后，在机场工作人员指引下，到了候机楼。由于工作人员粗心，他只按原来预订机票的登机口引导，其实这时登机口已作调整，改在了其他地方。我们不懂英文，当然不知道预告牌上的事情。

我和老伴坐在那里等了一波又一波都不见动静。看看不对劲，我叫老伴等着别动，得找个华人问问。偏不凑巧，不见黑头发。

正想转身，看见远远来了一个黑头发大个，拉着行李车，朝我的方向走来。我顿时喜出望外，赶紧迎上去，问：“先生可是中国人？”他见我说话，停下来，摇摇头表示听不懂。原来又碰了个外国人，他站着不动望着我，我灵机一动，拿出机票让他看。他明白了：是在找登机口。

这样，他便推着车走前面，我在后面跟着。

到了大屏幕前，拿过机票仔细对了两遍，才示意我跟他走。我比划着叫他等一下，才去叫了老伴一齐跟他走。绕来绕去，才在一处地方停下来。再次拿过机票核对，他示意我们就是在这里登机。总算找到了登机口，刚好能赶上最后一趟去亚特兰大的飞机，错过这一班，就只能等明天了。

我和老伴千恩万谢，一口一个“闪克油”。

见我们坐到休息处，他才拉着行李车去候机。

过了一阵，他又推着车来到我们身边，难道又出问题？我连忙迎上去，他递给我一个食品袋，指指里面。我一看，有几瓶可乐、一包库克（饼干）、两个汉堡包。我一下明白了：他担心我们没带美元，路上饿着，特意为我们买来的。

看到这，我差一点没掉眼泪。多好的人哪。我们自然又是千恩万谢。

这时，他仍不走，从袋里拿出手机，比比划划，示意我们给亚特兰大挂个电话。

老伴连忙拿出电话号码，他动手拨号。不一会儿，电话通了，我们告诉孩子们遇到好心人。

一直等我们通完话，拿出一张名片给我们，这才转身离开，还几次回头向我们挥手。

到了亚特兰大，自然是孩子们来接，谈及这位好心人，大家感叹不已。

第二天，一家人正在用早餐，手机响了。原来是这位好心人打来的，说是不放心两位老人，根据昨天留下的号码，试着拨过来，是否平安到家。

多细心！多热情！亲生儿女也不过如此！愿上帝保佑他。

这时，我才想起名片。

孩子们一看说：马克，印度人，工程师，住新泽西州。

后来，我多次要孩子们给他去电话，表达我们的谢意，他也不时来电话，通过孩子们转达他对我们的问候。一次普通的问路，把两个不同国籍的家庭连结起来，这也算一次奇遇吧。

现在，我都还记得他的特征：黑头发、高个子、宽宽的额门、一张黑里透红的圆脸、狮子鼻、同我国广西人脸型相似。要不，我怎么会把他当华人呢。

那些日子，还经常梦见他。于是，我便有个想法：去一趟新泽西州，一则旅游，二则当面向人家道个谢。

这想法得到孩子们赞同，与小马克通了电话，他当然高兴。这事便定了下来。

正当成行，国内又发生变故：九十高龄的父亲驾鹤西去了。

日夜兼程，不敢半刻耽搁，赶到老屋时，差一点连送葬都赶不上了。

九
父亲

老父泰恒，民国十年生，幼时家贫，十三岁启蒙，十四岁随文家药铺文先生学医。父亲专攻小儿推拿和妇科的不孕不育，兼治其他疑难杂症，享誉三省边区，锦旗、感谢信多得数不清。

老父还有一绝，就是算盘打得好，不仅加减乘除熟练，还会打“斤求两”。

现在年轻人可能没听说。过去的秤都是十六进位，即十六两一斤，现在是十进制。这中间就要有换算，于是先辈们便总结出换算口诀。我仍然还记得父亲教我的口诀：一六二五，二一二五，三一八七五，四二五，五三一二五，六三七五，七四三七五，八五，九五六二五，十六二五，十一六八七五，十二八五，十三八一二五，十四八七五，十五九三七五。

这就是说，十六一斤，老秤的一两，只有新秤的0.625两；老秤的二两，只相当于新秤的1.25两。以此类推，老秤八两相当于新秤半斤，故一直有八两对半斤之说。

老父亲文化水平不高，但算盘水平熟得很。当地粮食部门在秋粮征购时，都要请他去打短工。

父亲学中医，练了一手漂亮毛笔字，逢年过节，少不了还得替山里人写对联，写神榜（祖先牌位）。父亲的医术医德，一直在当地流传。

龙金兰，两岁时得病休克，家人以为她命已绝，便将她置于木板上准备送往乱坟岗。老父当时才十七八岁，正路过这里，见死者母亲哭得死去活来，不忍心，便说："医者治病，不能医命，让我试试吧。"便拿出银针，扎进死者昆仑穴，"哇"一声孩子还了阳，众人称奇。此女后来活到六十八岁。

杨春娣，五岁那年烧伤，由于没有得到及时治疗，伤口化脓感染，引起败血，口吐白沫、手脚抽搐、生命垂危。这时，经人介绍，才找到父亲试试。

父亲问明病因，查看病情，说："最好及时送县城医院。"

病人家长顿时傻了眼。

这里距县城五十多里，每天一班的过路班车早已开走，即便有车，又去哪里筹集住院费用呢。

想到这里，孩子家长"扑通"一声长跪不起，呜呜咽咽地说："先生，求你设法救救孩子吧。死与活都不怪你。"父亲心软，见不得别人落泪，便说："既然这样，就看她造化了。"

于是，将那有解毒特效的"鸡屎白"加了一味中药，调制后，当场灌入病儿口中，又将剩下的叫他带回家定时服用。

第二天，家长带来好消息，症状减缓，能喝稀粥。继续服药，一天比一天有好转。十天后，伤口结痂、痊愈。长大成人，有了幸福家庭。

松桃周满妹夫妇，婚后十年不孕。村人闲言碎语，婆婆也

/ 仰望花垣老屋

/ 花垣老屋的石阶

不高兴，少不了指桑骂槐，丈夫更是有气就往她身上出。家庭不睦，矛盾争吵不断。看了许多医生都不见效果。

听说父亲治好了许多不孕不育，便从百多里外的松桃上门求医。

父亲根据他们的具体情况，采取双方同时用药，同时调理，不到半年，就怀上了。第二年生下一对龙凤胎。喜得她婆婆逢人就说："结婚十年不坐胎，一怀两个两个来。"

父亲的小儿推拿也是出了名的。

一般来说，给小儿治病有几难。孩子不会说话，即使能说话，问到病情，也是说不清、道不明；怕吃药，大人哄了又哄，还是不肯吃，只好灌，洒得到处都是，量达不到，影响疗效；怕打针，一见注射器，孩子早吓得大哭大叫，喊得喉咙嘶哑，怪可怜的。

所以，一提到上医院，那孩子像上刑场似的，弓着屁股不愿走。

父亲的推拿，便解决了这些问题。

孩子来了，先给孩子一粒水果糖拿着。孩子看这人不打针，先自轻松了许多。父亲先观察孩子，问大人起因，便轻松拉着孩子小手说："让爷爷给你把小虫虫取出来。"于是便轻轻推拿几下。病情不严重的，当场都可以下来玩，见效很快。

在这一带，孩子们若是觉得自己什么地方不舒服，都会主动对家长说："去老屋爷爷家看看。"

最先的年头，说的是"带我去伯伯家看看"，随着时间流逝，便有了"带我去公公家，爷爷家看看"，再后来，便是"带我去太公公、太爷爷那里瞧瞧"。父亲几十年来，就是这样为山里人服务了一代又一代。

父亲行医，救死扶伤，对儿孙同样慈爱。

我永远忘不了1967年的那年夏天。

这年暑假，我响应公社党委号召，去生产队与贫下中农同吃同住，接受贫下中农再教育。

我去的地方是竹里溪上的半斤沙。这里也是一个风景秀丽的地方：青山、绿水、跳岩、堰坝、石桥、古楼、碾房、田园。

山脚下，一股清泉汩汩冒出，沿着青石块砌成的水沟，流经每一户农家。沟里麻鸭、白鹭戏水，沟边传来村妇“梆、梆、梆”的洗衣拍打声。

我住在桥秀姨家。

刚下去三天，就漆树过敏，钻心地痒就使劲地挠，随后便有那脓水流出，结了一层像桐油一样的垢，不小心碰着，垢脱下来，又结一层，成了溃疡，在原来痒的基础上，又增加了几分灼痛。最后，连脸上、身上都开始溃烂，特别是嘴唇上结了垢，不能说话，不能张嘴吃喝，我被折腾得快崩溃了。

我便想到向父亲求救，于是，写信告诉他，漆疮溃烂，请来信告知药方云云。

谁知信寄出后，他第五天就亲自赶到学校，查看病情后，说问题不大，待敷过药后，明早就可以敛。学校的人口里不说，心里都在说“吹”吧。

于是父亲便从校园采了草药回来，洗净后捣烂给敷上，顿时觉得凉凉的。这一夜我睡得特别香，醒来发现父亲披衣伏在床沿边，知道他守着我一夜没睡，眼泪扑簌簌直往下掉。

父亲看见我流泪，说：“孩子，没什么，爹不能再对不起你。”

我知道，他指的是1953年那件事。

那一年，我才八岁。

学校组织去兄弟校参观。我们这个班是新中国成立后招的第一个班，年龄参差不齐，大的有结过婚的，有快要结婚的，年龄最小的当然是我。他们在前面走一脚，我得后面追几步，老赶不上趟，连奔带跑都追不上。

由于瘀血，恶化成痈疽，我走路一拐一拐，以为是走远路引起的，过两天自然会好，并不在意。

谁知过了两天，疼痛加剧，不能下床。父亲才强行查看，连说几个“拐场了”，开了处方，抓了药，亲自用陶罐煨，母亲在汤碗里还特地加了红糖。

几天来的折腾，我已没睡过好觉，服药后也不知是药力发作还是心理作用，睡得特别香。

醒过来，估摸已是夜半，觉得右腿下湿漉漉。父亲母亲都在油灯下打盹，叫了一声娘，便不好意思地说：“不小心，尿床了。”

两位老人一听，惊喜地跳了起来：“傻儿子，出脓了，疱通祸散，我们儿子没事了。”

连忙把油灯拧大，查看我的病腿。

经过几天调养，我又能行走自如，只是有一点不太明显的拐。至此，我右腿带了残，父母便不让我干重活。直到有一天放学回家，听到父母的对话，才知道其中缘由。

母亲的声音：“不是恢复得很好吗？你还挂着心上干什么？”

父亲叹气：“他娘你不知道，这叫走马疽，厉害得很，轻则跛，重则死，好多人都是大意死在这上头。再晚一天，孩子就落下重残了。唉，大意失荆州啊。”

原来如此厉害，怪不得右腿上留下这么个大疤痕。

父母越是不让我干活，我越觉得是对儿女的爱，越是觉得要为他们分担忧愁。

同龄人，甚至比我大几岁的人都在玩，我呢，最初是帮母亲洗菜、做饭、扯猪草、放牛。村里人都说母亲养了个闺女，不知是笑话母亲呢还是笑话我。到了再大一点，还随母亲去拾柴火。

1955年，实现合作化。我一边上学，一边为合作社牧放两只耕牛，又兼司称员，为社员们称牛草。

得到的报酬是：每秤量达一万斤，计10分；放牧两头牛按2分计。按这样计算，我一天可挣3分。那时，男勤一天计10分，女勤一天计7分。这样算来，从那时起，我就能养活自己了，我很小很早就勤工俭学了。

说起来，挣这3分工也颇不容易。

替人司秤，一天叫得你团团转不说，有个别大人还欺负你。

司秤时，用的是抬秤。先将秤钩钩住重物，用一根长扛穿过秤头上的毫绳，两个人把扛压在肩头上，那重物便被提了起来。这时，我一边肩头要承受重物，右手又要移动秤砣上的准星。有的人便利用这个机会，使劲用手或膝盖压住重物，使那原本只百来斤的牛草，变成一百三四十斤，多赚取工分。我呢，本来小小年纪，小小个头就承受不了肩上的重量，他们是大人，仗着高我一截，又把那抬草的扛往我这面挤，简直承受不了，忙得这，顾不上那，又受欺负又受累。

为了防备这些人再使手段。我便找来一根又粗又长的大棕绳，挂在牛栏屋的穿枋上，从称毫绳中穿过，打个死结，那称杆就挂起来了。使用时，把重物钩在称钩上，那枋上的绳就把重物提起来了，不用人肩扛，我就自由了，爱使坏的人也没了下手机会。于是我便准确地称出重量，除去毛重，开个条子写上某人、某日、牛草多少，盖个小印记，交给他。晚上，这人便凭条儿记工分。

再说那牛，一只黄牛，一只水牛。

冬天还过得去，到了夏天，那水牛见不得水，见了水就想滚澡，一身泥糊糊，赶都赶不动它。老半天才起来，尾巴一甩，泥水溅得到处都是。黄牛则要往山上奔。顾得上这只，顾不上那只。后来，我便将水牛的牛鼻牵上再栓一根长绳，一端系在我腰上，让黄牛在前面走，我走中间，我走一步，那水牛被牵了鼻子，只好乖乖跟在后面走。这样，同时把两只牛都带进了山上，水牛再也不捣蛋了。垮天大伯编了故事夸我，把这叫做：

牧童哥一绳降双牛
司秤员金钩吊千斤

冬天下雪，还得替牛做“饭”，就是把稻草铡成细段，拌上那熟红薯，揉透后做牛的饲料。这牛饭要坚持做到雪化的时候。

再说这铡草，南方没有铡刀，却是一把磨得雪亮雪亮的弯弯镰刀，刀刃锋利放出寒光。铡草时把那柄绑在木柱上，那弯弯的、雪亮亮的刀口对着操作人的胸前，双手握一把稻草，按一定尺寸长短，往刀刃上使劲一按，那草便“喳”的一声断下来。这样连续不断地“喳喳喳”的操作，直至够数为止。

这活也讲技术，一是右手的这截草段要合尺寸，10厘米左右；二是要会使暗劲。若不然，不仅达不到长短要求，还会不小心割伤手，可不是玩的。

一般的小孩见了那刀都先胆怯，我却在碑表叔指导下，学会了镰刀铡草这活路。因为碑表叔也牧放十只牛，刚好一天挣10分。只不过他手气好，选了10只黄牛。我却是一只黄牛、一只水牛。

虽然，牧牛和司秤，给我过早的劳累，但是却丰富了我的生活，早早懂得了人生。我一直珍惜这段人生最初的磨炼。

正因为有了这段人生，有了这些磨炼，我才什么风雨都挺得住，什么事都看得透。但是，父亲母亲却总说："孩子，爹娘对不起你。"

今天，为了我的病，爹却步行整整两天，从几百里外的老屋赶过来，还在自责，令我又感激又羞愧。

两天后，溃疡痊愈，令老师们惊讶不已，都说这草药真神。

爹是个闲不住的人，这两天还替老师的孩子和家属看病开处方，忙到好晚才归屋，说第二天就要回。

我一则担心爹一人上路不放心，二则也要看看娘，于是连夜去请假，不想一说就准。

第二天清早，我陪着爹踏上了回家的路。因为当时不断发生武斗，交通瘫痪只能步行。爹从老屋过来，都是一路步行。我们从半斤沙出发，经县城，上山江苗寨，过乌龙河，抵腊尔山，夜宿两林向凤锦老师处，约120里路。

第二天我俩从两林出发，经螺丝董，入两河，到民乐，沿潮水半夜才到老屋，全天都是在苗寨穿行，又是120多里路。

到家后，母亲自然高兴。就是这次回家，母亲为我订了姚家的婚事。

在家里待了半月后，我接学校通知返校。

因为当时武斗发展到了严重地步，死人的事每每发生，父亲自然坚持要送。

第二天，与母亲洒泪而别，父子俩又上了路。从老屋出发，从桐木坪，经张巴堰、秦洞、达车、长兴铺，翻粑粑坳，夜寄宿松桃城外一单身老农茅棚。第二天清早动身，经松桃县城，过牛场、凉亭坳，插进苗寨落潮井，抵阿拉营，沿山路而下抵达学校。

到阿拉时，天色已晚，我说：“明早再走吧。”爹说：“不能影响你工作，你的饭碗比爹这老骨头重要。”于是继续摸黑前行。

当时是雨后不久，山道泥泞。下山时，父亲担心我绊倒，他便走在前边，一步一摸索，遇到不好走的地方，便侧过身来，一只脚跨在前面抵稳，一只脚后面挡实，让我的前脚抵住他的后脚，牵着我的手一步一脚、一脚一步地走完了十八里山路。

每当我回忆到这段细节，都会泪流满腮。

正因为如此，每当爹来到吉首时，尽管街道是那样平坦，我都会像那天他牵着我摸黑下山的样子，扶着他牵着他横马路、上车，引来路人羡慕的眼光。但爹总是说：“还没七老八十呢。”可我知道他心里是幸福的。爹幸福，我才幸福。有个老人就是宝。“人活百岁，爹娘健在，进门出门有声爹娘叫，那才是幸福。”这是爹常说的大实在话。

母亲病逝后，身体衰老的爹是一年不如一年，本来把他安排到我们身边，他推说：“放不下老屋。”住下没几天就吵着要回，其实他怕影响我们工作。

去美国之前，除给他留了足够费用外，还请了一个本家专门照顾。谁知这一别竟是绝别。爹啊，你怎么走得这样匆忙啊，儿子还有好多话要同你说。

到老屋时，正赶上村里为他开追悼会，到处挤满了人。想起作为儿子，临终没得老人一句话，那是人生最大憾事，忍不住泪水长流。

本家都过来安慰：“去得很轻松，瞌睡一样。”

“早上还好好地吃着饭。”

/ 花垣老屋的外墙

/ 花垣老屋的屋顶

“就说有点累，想睡会儿，谁知就再没醒过来。”

“人死不能复生，节哀。”

……

打开棺盖，父亲面色如生，如同睡觉了似的。知道他是在无挂无碍中、幸福离去，心中这才稍稍得到安慰。于是我连忙示意，本家把棺盖轻轻盖上，千万别再打搅他，让他老人家安息吧。

第二天一早出殡，全村男女老少冒雪送行。

公路两头车辆自觉停驶让路，鸣笛致哀，足以显示这位老人的名望。

我就要辞行了。

村长拿出一个红绸布包裹的东西递给我，说：“这是老人家遗物，托村委会秘书放在保险柜里。”

我打开红布，里面存折露出来，我一页一页翻开，只见存数，不见支付，最后的余额69800元，还有几角几分。

我眼泪大滴大滴落下，这不是这些年给他的生活费吗，怎么一点都舍不得用呢？猛地想起他生前多次说过“有件善事靠你完成哩”，当时并不在意。

“有件善事靠你完成呢”，莫非爹说的就是这事。

我想了想，把存折包好，递到村长手上，说：“这钱，留给村上办学吧，这大概是老人最后一次留给村人的心意。”

村长想说什么，出租车已到，我上车，与众人挥挥手，便告别了养育我们家八代人的老屋。

垮天大伯早在几年前就过世了。要是健在，知道这件事后，定会口沫四溅，滔滔不绝：列位，今日在下要道的是，老郎中悬壶济世，泰老爷临终善举，说的是本府本村的新人新事……

可是，再也听不到这位老人铿锵的说书声了。呜呼！

据说，垮天大伯走得也很安然，没有留下半字遗言。

没有留下半字临终遗言的，还有我那苦累了一生的老娘亲。

她老人家逝世，虽然是我陪伴在她身边，但由于已昏迷多日，早已不省人事。尽管日夜守候在侧，娘亲最终连眼都没睁开过，更不消说留什么话语了，真是后悔莫及。

说起来，这也是父亲怕影响我们工作的缘故。家里不论什么大事都一个人扛着，总是说："不能拖累孩子，他们的碗饭比什么都重要。"

母亲得了不治之症，自知时日不多，忍着病痛，挣扎着牵了一机布，打算为她宝贝孙子织一床苗家花格床单，结果昏厥在织机上就再没醒来。剩下的一半还是姨妈完成的。

母亲成植物人后，父亲一个人又是护士、又是医生地护理照料母亲陪她走完人生最后旅程。直到放暑假回家，我才知道母亲是在死神面前硬撑着，等到儿孙回来见最后一面。现在，只要一看见母亲病中编织的那花格苗家床单，就仿佛听到"扎扎"的织机声，就浮现出母亲坐在织机上的画面。

因此，我一直怕回老屋，怕忆往事。睹物思人，是件十分难受的事情。

父亲逝世，给我打击更大。

父母在，是一个人的骄傲，也是最大的幸福。可是，现在连最后一点骄傲，最后一点幸福都没了，怎不令人伤感呢。

虽然，别人都说"这么高寿，世间少有，节哀吧"，但我还是觉得有老人才有牵挂，有牵挂就是幸福。人活百岁有个老父老母，家庭才算完整。于是，我写了个条幅贴在卧室，"不求四代同堂，但愿父母健在"以寄托我对老人的思念。

老伴见我一直闷闷不乐，还沉浸在哀思中，于是便想着法子，陪我去颐和园、圆明园、紫竹院散心，或爬香山、百望山，甚至还去了大觉寺，希望我能从悲思中解脱出来。

一天，物业来电话，说过几天电视台来社区拍节目，要我准备几段视频镜头。我连忙推脱："我恐怕不行。"谁知电话那头不罢休："不用推辞，把你平常在社区弹唱的土家山歌整理一下就够他们忙活了。"还想推辞，老伴抢过话筒说："就这么定了，谢谢你们。"放下话筒，直数落我："狗钻撮箕，不服人抬举。你以后万事不求人！"

为应付电视台，我便开始准备，暂时把一切忧伤都忘了。

电视台来了人，导演把编导意图告诉我们，并嘱咐要尽量放松，尽量自然，平时是怎么的就怎么做，不要下意识做作，才能避免紧张。

第一组镜头：两位老人悠闲对弈，旁边有人围观。这组镜头由我和老陈完成。棋盘打开，布局：

我说："棋逢对手——车马炮——将！"

陈说："琴遇知音——多来咪——唱！"

我说："书有三希①——人间宝。"

陈说："画藏八图——国家珍。"

导演作了停的手势。

第二组镜头，山歌弹唱。

我坐在水榭石凳上，四周波光粼粼，垂柳正吐嫩芽，在微风中摇曳。我怡然自得，琴声起处，弹唱《和谐社会》：

---

① 三希：这里指"三希帖"：《快雪时晴帖》《伯远帖》《中秋帖》。

安全员安全班，进进出出严把关
顶烈日冒严寒，站岗巡逻保平安

人越来越多，我继续弹唱：

保洁员清洁工，一天到晚不闲空
勤打扫勤清洗，专为园区来美容

有的人索性停下脚步围着我听。

农民兄弟闯天下，苦不怕累不怕
千里迢迢来京城，种花养草搞绿化

还不见导演的打住手势，我只得继续唱：

一年三百六十五，维修师傅特辛苦
东家出西家进，专为业主解忧愁
退休老人好快活，一天到晚乐呵呵
玩牌聊天看书报，跳舞排戏又唱歌
社区婆婆爱苗条，长长颈梗细细腰
见天只吃瘦身饼，扁着肚皮追时髦

歌声逗得人们直乐。这时刚好几位外国邻居走过，我随口改唱：

洋公洋婆一大帮，叽里咕噜说洋腔
现成西服他不穿，别别扭扭着唐装

人们听了笑得更厉害，几位外国人也跟着笑。园里充满了生气，显得特别和谐自然。

这时，几位年轻人说话了，这是导演临时编导的插曲。他们说：“爷，怎么没我们青年人的戏？”

我说：“听着。”

年轻人朝气勃，忙忙碌碌为工作
追时尚讲效益，人生能有几回搏

掌声四起。

导演做了“停”的手势。

“太精彩了！”导演说。

这时，老爷子老太太们才恍然大悟：原来自己都上了镜。后来，这段视频经过剪辑，在世博会上播出。附近的幼儿园也要我去为孩子们弹唱。看着这些天真活泼的孩子，我弹唱：

西山脚下幼儿园，蓓蕾带露含苞绽
全靠园丁勤浇水，墨浓书香润心田

弹后觉得不适合小朋友，于是改唱儿歌：

我是小小环保员，跟着奶奶去宣传
厨房垃圾装一袋，电池有毒搁一边
塑料书报硬纸板，可以送去回收站
爱护地球爱护家，小朋友牢牢记心间

我还弹唱了土家儿歌：

烟子烟莫烟我，我是天上梅花朵
猪拾柴狗烧火，猫咪洗脸笑死我

逗得孩子们直乐，不断叫着“爷爷再来一首”。不能扫孩子的兴啊，我又唱道：

田也有地也有，后门有棵小石榴
石榴树上挂油瓶，几位姐姐梳油头
大姐梳个人字路，二姐梳个茶花头
只有三姐最躲懒，梳了个狮子滚绣球

连老师都笑出了眼泪。

就这样，我把土家山歌唱进了颐和园、圆明园、紫竹院，唱到了香山、百望山，唱到了大觉寺。每天吃过早饭，我背着琴，自弹自唱，自嘲自解，疯子似的：

一张老脸一张琴，半疯半癫踏歌行
跑遍京西十八旗，自嘲自解唱太平

我还引来游客注目，口里似乎念着“疯子？”“有病！”

我每天从北宫门进入颐和园，沿着那旅游路线，边弹边唱，守门的小保安、检票员都认识我，开玩笑说：“留下买路钱才许进。”我便为他们弹唱他们爱听的情歌《纤夫的爱》《康定情歌》《在那遥远的地方》《月亮走我也走》……

琴声引来游客顿足。出租车司机也被吸引过来。一位爱逗乐的青年司机摘下旁边一位同伴的帽子，翻过来，学着那耍猴戏的河南人的腔调：“老少爷们，今日咱爷俩来到宝地，身无分文，求爷们解囊相助，凑些个盘缠返乡，感激不尽……”把那帽子在人前晃来晃去，逗得大家笑得前俯后仰，哈哈直乐。一位小哥哥顺手从地上抓起一把土粒，扔进帽子，说：“接着吧，够你用几餐哩。”又是一阵笑声。

这时，一位青年跟在我后面，见我在休息，走上前来：

“老人家，这是民乐吗？”

“秦琴。”我答

“容易学吗？”他问。

“容易得很。”

“如果有人想学，怎么收费？”

“如果你想学，免费！”

他高兴地跳了起来：“老人家，我就拜你为师了。”

一番交谈，知道他姓郭，河南周口市人，在北京师范大学读本科二年级，兼任学生会宣传部长。今天路过这里，看见那热闹欢乐的场面，萌生了学习弹唱的念头。这又是一段奇遇。于是，我们便定下规矩：只要他有课余时间，就电话预约。

最初，他体谅我，宁愿自己多跑路，把地点定在颐和园。后来我发现他是绕着路来，我们为争取更多练习时间，就把学习地点改为清华西门的山楂林内。

小郭虽没学过简谱，但通过勤学苦练，掌握了弹奏的基本知识，能弹简单曲谱。

这样，我们进入第二阶段教学，边弹边唱。他很刻苦，很快掌握了要领，能自弹自唱《东方红》《跑马调》，他很高兴，我也高兴。要知道，这一关很难过。好几个学员，都到这里卡壳，半途而废。这样苦练下去，大有后生可畏之势。

到了11月份，他来电话说，准备应征入伍，暂停训练。这样的小伙打着灯笼火把都难找，部队一眼相中，去了重庆某部服役，我们便结束了这段师生缘。尽管他多次从部队来电话，说回到北京完成学业的同时，仍会继续学琴，但我还是觉得这里面充满不确定因素。

小郭去了部队，我仍然经常去我们原来练琴的地方弹唱。

后来，又来了一家子。听到琴声他们便围了过来，一交谈，才知道是台湾同胞，一家四口：太太、先生、岳母、两岁的儿子。

太太握着摄像机，问：

“先生，能不能为我们弹唱几曲？”

“行，同胞嘛。”我答。

“我们可以录段视频，网上发吗？”她又问。

“没问题，只要你喜欢！”我脱口答道。

于是，她的先生、孩子、老太太同我并排而坐，她便打开摄像机。

我便唱道：

大陆台湾一家亲，同宗同族同根生
同心齐圆复兴梦，美好家园代代情

接着弹唱《溜溜姑娘像朵花》《草原之夜》《弯弯的月亮》。

那老太太听后，挺懂行，除为外孙点了《蜗牛和葡萄》这首台湾歌曲外，自己也点了《烟花三月下扬州》。

为增强演出效果，弹唱《烟花三月下扬州》时，我特地站起来弹唱，弹完最后一句“才知道思念，总比那西湖瘦”我加了个反复“总比那西湖瘦”并把“瘦”延长成拖腔，还做了个挥手告别的势子，就像站在岸上，向远处的人在挥手。

一片掌声，原来旁边又来了许多游人。我鞠躬谢幕，又是一阵掌声。

一家子向我告别，先生还给了我一张名片，上面写着：台北光华科技公司，白汀。我便弹了《乐在今宵》为他们送行。

后来，我又遇到新西兰一家三口。

我照例在那儿练琴，一个外国小孩跑过来站在我面前，我以为是我们院里的外国小朋友“大熊”，便停下来问他：“大熊，同谁来逛园子了？”他不吱声，我这才知道认错了人。

这时，家长找过来了，语言不通，无法交谈。从他们比比划划中，明白了大概意思：小孩很喜欢音乐。于是，我把仅仅会唱的两首英语歌曲《祝你生日快乐》《苹果我爱你》奉献给这位小观众。他们鼓掌，男主人自然录了视频。孩子仍不愿走，我又弹了激昂旋律的《咱当兵的人》，孩子这才挥手告别。临了，还要扶着琴拍照留念。

圆明园也是我常去的地方。每去，必从东门沿西洋楼遗址，经福海、长春园、春泽斋，到南门。我照样边走、边弹、边唱，和检票员都熟了，也是“唱一段才让过”。

我便唱：

残垣断壁依稀在，提起强盗就伤心
富国强兵百年梦，中华复兴仗后生

一路弹唱到福海酒家地面。这是个热闹所在，靠东北，一字摆开许多摊位；靠南是码头，长龙似地停着电瓶车，一辆刚开出，另一辆又到了，游客上上下下，人流如织；加上福海酒家也在此，进进出出、人头攒动。这里，不但摆摊的人认得我，酒店服务员认得我，连电瓶车司机都与我熟。

宋师傅，五十开岁外，河北邢台人，对音乐特别爱好。凡是歌曲大都能唱，也能唱京剧唱段，还来豫剧段子，是个非常乐观的人。唱歌的时候，他特别注意唱准每个音符。我们俩合唱的时候，一边唱还一边举起手来示意，唱到激情的地方，他会像指挥家那样，把右手高高地提起来，悬在空中，两根手指头朝下不停地抖，然后，手朝下一扫，做一个潇洒的停止动作，歌声戛然而止。人们便报以热烈掌声。

客人都上了车，他会朝我一努嘴叫我跟他上车，我在车上弹唱，他也一边驾车，一边跟着哼哼，常逗得游客直乐。他只要一天半会儿见不着我，便会来电话催。

圆明园遗址看了让人觉得辛酸。在圆明园我只弹唱激昂的曲子，特别爱弹唱《铁道游击队之歌》，唱到“鬼子末日就要来到”真解恨。所以大家远远听到琴声就说：“土琵琶来了。”

大家还鼓励我参加一年一度的“圆明园荷花节音乐会”。

记得是八月初，大家提议“去荷花节上展示展示吧”。我说“怕不靠谱吧。”大家又鼓励：“去吧，我们到时给你捧场。”

8月10日，星期六，我上穿土家短褂，下着青布裤，脚踏麻耳鞋，一副土家人打扮来到表演棚，看着观众席上，朋友们都提前赶来了。

轮到我上场，还没开腔，见了我一身民族装扮，大伙就一个劲地鼓掌，我顿时浑身来劲，一首自弹自唱的《当兵的人》赢得了阵阵喝彩。结尾时，我对原作作了小小改动，加了“一、二、三——四！”的口令，然后再刹腔：“当兵的人，就是——这个样！”歌声戛然而止，干脆利落，两脚一并“啪”的一个标准军礼，表演结束。

虽然最后评委把最高分给了“杰克逊舞蹈组”，我以0.1分之差落了后，但我通过今天这个平台，展示了自己，很满足。在这里我要谢谢圆明园的朋友们。

此后，凡有时间，我都会去圆明园为检票员、保洁员、服务员、售票员、电瓶车驾驶员朋友们演唱，他们快乐，我也快乐。从东门到南门，一路唱下来，刚好到午饭时间，日子过得特别快。

小区门口有条商业街。麦田地产公司在这里开了间店面。高经理是位精明、能干的姑娘，待人真诚热情。同我很熟，见了面总是“叔前叔后”的，比亲闺女还好。这店里的姑娘小伙因此跟我亲近得很，碰见我从外面回来，便亲切地：“叔，店里喝杯茶吧”，便把我迎进了门。我便试探：“不影响工作？”他们则异口同声：“可不，正用午餐，休息时间，没关系。”

“那，我就来一段了。”我话还没落音，那掌声倒是先响起来了。于是我唱逗他们乐的歌：

麦田姑娘麦田娃，风风光光多潇洒
爱生活爱麦田，麦田就是咱的家

吃饱饭的，双手击拍，正吃饭的敲着碗筷、和着节拍，像开舞会一样。琴声起处，又唱：

麦田姑娘麦田娃，风风火火忙乎啥
快节奏高效率，麦田连着万千家

有人跟着哼哼：

麦田姑娘麦田娃，风风雨雨全不怕
爱麦田守诚信，麦田盛开幸福花

更多的人击着拍子：

麦苗青麦穗黄
麦田人就在你身旁
买房卖房别着急——

唱到这，大家像约好似的：

麦田人一定帮你忙。

最后快板：

买房卖房，麦田帮忙！

掌声、笑声一片，我连忙抚琴回家，后面还传来：“叔，下次还来。”

百望山离我们社区较近，海拔不高，每天爬山锻炼、游玩的人特别多，特别是山上的野生蘑菇、野果、动物、鸟类都吸引着人们。进进出出，上上下下，每天数以万计。

为配合护林防火，我经常在朱德亭里唱山歌：

百望山头绿葱葱，护林防火莫放松
防火护林要抓紧，磨刀不误砍柴工

最后，“吆喝”一声！这一“吆喝”不打紧，对面有人对上了。

护林防火要积极，水火无情莫大意
大兴安岭有教训，一下毁了百年林

唱完，也“吆喝”了一声

原来是护林员在巡山，也爱唱山歌。

半山亭，来往的人更多。只要我在这里一起调，总会有人跟着唱。

一天，从西直门来了一伙游人，内中不乏歌者。我们整整弹唱了一个上午，他们还舍不得下山。临了，还建议边走边唱，一直唱到公交站。

我快乐，给别人也带去了快乐。

在百望山，我爱唱《土家十八弯》。大家也爱听爱唱《土家十八弯》。这里的人也把我叫“十八弯”。如果两天不见，就会说：“十八弯怎么今天还不来？”

等我第二天上了百望山，他们会问：“昨天怎么不来？去了颐和园？还是上了香山？”

“是的，上了香山。”我回答。

香山大门口有一对盲人夫妇卖艺。女的是个全盲，拿着麦克风，开着音响，动情歌唱。男的右眼还有部分视力，端着盘子站在她旁边，路人便会扔下些角票。我想帮她们，也想向他们学习。因为他们的声音特别动听，就像专门经过声乐训练似的。

等那女人唱完一曲，我说：“师傅，我也是个喜欢唱歌的人，想帮你一把。你先歇会儿，借你这个地方，试唱几首，看看能不能多争取几个听众。”

她当然高兴。

我弹唱了《父亲》《在那遥远的小山村》《为了谁》。当我弹唱《大约那是在冬季》时，女人也和着韵律，一会儿轮唱，一会儿合唱，聚过来好多游客，不断往盘里仍角票。最后，以《乐在今宵》结尾。临了，他们夫妇拉着我，深情地说：“谢谢你，师傅。”

就这样，我同他们成了好朋友，也学到了他们声乐上的长处。

为联系方便，我还给他们留下电话号码，他们自然为多了个朋友高兴。那男的便摸出手机，用那右眼的一点点视力，偏着脑袋费力地将我的号码输入他的手机。

昨天，接了他们电话，说是在香山东门等我有事商量。我赶到东门，他们果然在那里等候。我忙问什么事，那女人说，我们想教你唱二人转，不知你有空没有？这当然是好事，我便跟着他们学唱二人转。

他们是盲人，没有记谱条件，只能跟着他们慢慢学唱，唱熟了之后，再来套琴，我又怕耽误他们卖艺影响生活，所以学得很慢，几天下来，才学得几句：

正月里是新年——哪
大家伙都喜欢——呀
家家贴红对——呀
人人把新衣穿——哪
高高兴兴过一个——呀
哎嘿哟哟哟——哎嘿哟哟
团结快乐幸福年——呀
哎——团结快乐幸福年——呀
哎哟
今天放年假——呀
大闺女回娘——哪呀
后面跟着个他——呀
手里拎两匣——呀
丈母娘娘迎出门——呀
哎嘿哟哟哟——哎嘿哟哟
拍着手的笑哈哈——呀
哎拍着手的笑哈哈——呀

哎哟
小妹妹旁边乐——呀
一旁说了话——呀
见了岳母不下拜——呀
哎嘿哟哟哟——哎嘿哟哟
这叫拜的什么年——呀
哎这叫拜得什么年——呀
哎哟
移风又移俗——呀
青年人要当先——呀
再搞老一套——呀
邻居笑话咱——呀
快把姐夫领进门——呀
哎嘿哟哟哟——哎嘿哟哟
有话咱回屋里说——呀
哎有话咱回屋里说——呀
哎哟
……
吃罢年夜饭——呀
小两口要回家——呀
说是公司忙——呀
明天要值班——呀
等到五一假——呀
再来看望爹和妈呀——哎哟

/ 花垣老屋后代在老屋

/ 凤凰老屋

这便是从盲艺人那里学来的二人转曲子。通过诙谐、欢快的唱词，将岳母对一对新人的疼爱表现得淋漓尽致。“岳母爱郎，蜜蜂见糖”一点没错。

这样，我便隔三岔五地去香山东门与这两位艺人探讨曲艺。

腊月初的一天，正要准备去紫竹院，电话铃响了起来。一接听，是盲艺人打来的，要我千万过去一趟。

我赶到东门，正想问什么事，忽然后面一双手把我双眼死死蒙住。

“谁？”那人不吱声。倒是那男艺人开了口：“猜猜看。”

我想，对我做这种亲热动作的，肯定是最熟悉最玩得好的人。

我说：“把手松开一点吧，我猜就是。”

那双手松开了，但还是不放下来。

这时，我在脑子里过电影：老屋那边只剩本族晚辈，没有谁敢这么放肆；同事都知道我的电话号码，有事会电话联系；那肯定是发小或同学了。心里便有了十分把握：“放下手吧，罗冬祥！”

手放下来了，果然是他！

我不解地问：“还用这样的方式见面？不是听说你去了台湾了吗？”

他说：“在台湾住了一段日子。亲戚要回来看看。他们北上游览，我呢直接回湖南打前站，回到湖南才听说你也回过老屋，还从同学那儿得到你的联系电话：67892233。”

我打断他的话：“谁告诉你这个号码的？”

他说：“大家都这么说。”

我说：“真是马大哈，我告诉他们，我家的电话很好记，是6789，中间嵌2嵌3。”

他说："难怪老拨都不是。"

这时，女艺人插话："这位先生问我们认不认识一位又弹琴又唱歌的人，我们想肯定是你，才约你出来，不责怪吧。"

"怎么会呢？感激还来不及呢。"

我们在公园靠椅上坐下来。罗冬祥说："多亏我看了表侄的录像视频，见有一段你弹唱的镜头，问他们在什么地方拍摄的，并告诉他们我俩是几十年前的同学，他们惊叹不已。说在有公园的地方，肯定能找得着。于是，我趁今天游香山，试探着打听，果然把你找着了。"

罗冬祥的老家在张八堰，他的爷爷是抗日名将罗启疆。罗家是这里的名人，除在张八堰有庄园外，在茶峒还有公馆和碾房、榨房。

他们家的榨房距我们村不远，一排五间瓦屋，里面一间供人住宿，其余四间分成碾槽、榨架、烤房、蒸房，房梁上高高悬着包了铁的杵锤。

榨油有四道工序。

一、先将原料送进炕上烘干水气。

二、将原料放进碾槽碾碎。这个圆形石槽正中间，有一根硬木圆柱，横一根长扛，连着一个大石棱，前面把牛套上，给它一鞭，那牛便沿着碾槽边沿不停地走，这样就把原料碾碎了。这是旱槽。新场的榨房，利用水力来粉碎原料，比畜力的先进多了。

三、将粉碎了的原料放到蒸锅上蒸，蒸好了的原料，放进铁环内压成饼。

四、把制好的枯饼，放进榨槽，用油尖塞紧。这时，几位工人师傅便拉下那高高的杵锤，"哎哟——"一声号子，使劲将那杵锤往油尖上撞去，听得"咚"的一声巨响，那杵锤重重地准准地碰在油尖上。随着“哎哟——咚”“哎哟——咚”的号子，那榨槽下便流出清亮亮的油来。

每年，检完油茶后，我就盼着爷爷带我去榨房，坐在碾槽上的架子上，一边轻轻地鞭着那慢腾腾拉碾的黄牛，一边听着工人“哎哟——咚”的号子声。

罗家的碾房坐落在茶峒北门外的沙洲边。由于沙石的堆积形成了天王庙下的深潭。深潭出口，是供船舶来往的通道，叫船溶。

罗家有的是本钱，就从深潭边另开一条水渠，把潭水引到500米外有落差的地方，建成了一座大碾房。这座碾房规模大，远近几十里再没第二家。首先，它是依山水而建，用石拱把前面的水和背面的山连起来，上面成为平地，下面平放大水轮。平地上建房、住家。这里有两部碾槽，一部水磨，一间管事房，有板梯通向楼上。

方圆几十里，就这一家水碾房，生意特别好，那账房为了不出差错专门备有号牌。客人挑了谷物进来，管事登记好户主姓名、号码，把那牌号的一半挂在壁上，另一半插在担子内。工人则按牌号顺序加工。加工好了，把牌号依然插进担子内。顾主来了，由账房对牌，交上加工银钱或当着主人面取一升加工好的产品抵加工费，账房把牌号收回，交易完毕。

我的表哥洪奎在这里当工人，所以经常来表哥处玩耍，特别喜欢看表哥将磨好的面粉放进圈筛，双脚一踏一踏样子，那圈筛内便发出“啪达达、啪达达”的动听的响声来。

表哥有时还要去渠道边清理杂物，这是我最喜欢去的地方，渠道两边柳荫下，茶峒师范的女生在那里一边洗衣，一边唱歌，非常动听。渠水哗哗地流，石拱下平放的水车不停地转，带动着上面石棱也沿着碾槽不停地打着圈。

我就是在这里第一次遇上了罗冬祥。

我这次回家乡，都说他去了台湾，没有见着，不曾想通过盲艺人又见着他了。我不得不感慨世界太小了。

他继续说：“说来也巧，我侄子他们放录像，我一眼就认出你。于是我告诉他们，那弹琴老头是我同学，他们都说，天下竟有这般巧事。”

原来我碰见的台湾人白汀就是他的侄子。

/ 边城景色

写在最后

乡　愁

正是这些亲情、友情、爱情一直伴随着我。同时伴随着我的，还有那魂牵梦绕的老屋和那大山深处的秀丽水乡——新场。

老屋，生我养我的地方，纺车、织机、石碓、石磨、陶罐、鼎罐、三脚、风车、吊脚楼，都好像在诉说老一辈人的辛酸，那牛棚、牛栏、抬称、弯弯镰刀也记录下了我的童年。

新场，我奋斗了二十年的第二故乡，青山、溪流、田园、跳岩、堰坝、拱桥、碾房、磨房、石屋都有过我的足迹，那古楼更见证了我与老伴的天赐良缘。

我曾去过人称天堂的苏杭，也到过风景如画的“新马泰”，还到过欧洲，也多次到大洋彼岸的加拿大、美利坚，但是，在我心中最难忘的是老屋，最美丽的是新场。

列车在华北平原上飞驰。

原野、树木、建筑物从窗外一闪而过，我眼前交替浮现着爷爷、奶奶、母亲、父亲、垮天大伯、岩头大伯、碑表叔、通银大叔……的形象。

隆隆的车轮声，又让我仿佛听到了石磨声、石碓声，纺车“嗡嗡”声，织机“扎扎”声，溪水“叮咚”声，水车“咔咔”声，似乎又回到了老屋，又回到了新场。

“吱——”列车稳稳靠上了7号站台。

儿子带着孙女来接站。

上车后，孙女同她奶奶亲热个没完。

儿子乘这空挡，说：“美国那边来电话，说几个马克都想念你们，问什么时候启程，催得急。”

人生在世，会发生许许多多不同场合下的问路，但是，唯有这异国他乡的几次问路，我好像欠人债似的难忘、难安，直到现在，还只知道带路的年轻同胞是河北邯郸人，后悔当时没问姓甚名谁。直到现在还没向小马克先生当面致谢，幸好，他给了张名片，若不然更是悔恨莫及。

真的，像个欠债人似的。你想，素不相识，小马克先生做到那个份上，就算亲儿子亲闺女也不过如此，怎不令人感动呢。儿子提起此事，我便说：“尽快成行吧，以了却我的心愿。”

孙女正同奶奶亲热着，听到我同她爸说话，转过脸来对着我说：“爷爷奶奶又去姑家，我也去，我也去嘛。”又说：“这么多天，没见着爷爷奶奶，好想听爷爷唱歌。”

老伴说：“你先唱，同爷爷比赛。”

孙女说：“唱就唱，谁怕谁。”

奶奶弹钢琴
爷爷“北风吹”
我扮白毛女

盼咱爹爹回
二尺红头绳
扎个小兔尾

连她爸都忍不住笑："再来一个！"大家鼓掌。孙女说："来就来，"于是拍着小手，来了一段快板书：

爷爷奶奶好快活
一天到晚乐呵呵
出门"喝妈一碗酒"
进屋还扮李玉和
我就学那小铁梅
"咱家表叔实在多"
奶奶给我讲家史
祖三代闹工潮
欢声笑语满屋歌

又是一阵掌声。儿子也开心，便补了一句：

一家几代爱唱歌。

孙女这才说："轮爷爷啦，不许耍赖皮，唱'十八碗'，预备——唱！"

我知道，要我唱《山路十八弯》，我随着她的"预备——唱"便接了腔：

大山的那个子孙哟
爱太阳嘞
太阳那个爱着哟
山里的人哟
这里的山路十八弯
这里的水路九连环
这里的山坡排对排
这里的山歌串对串
……
太阳的那个子孙哟
爱大山嘞
大山那个爱着哟
土家的人哟
这里的山路十八弯
这里的水路九连环
这里的山坡排队排
这里的山歌串对串
……

歌声在车内回响，飞出窗外……

传到老屋！

传到新场！

但愿它能传到大洋彼岸的熟人朋友的耳边……